赤毛のトアと罪の騎士団

七星ドミノ

富士見L文庫

Contents

Redheaded Toa and the Knights of Sin

トア・ヴァルチニカ
正義感が強くまっすぐな少女騎士。
"聖ドロティア葬園"に左遷され
《罪の騎士団》第十七代団長となる。
ロキ・エルトア・キルエリッヒ
"聖ドロティア葬園"を治め
るキルエリッヒ家十七代目
当主。通称《人形伯》。
赤毛のトアと
罪の騎士団
イラスト・縞
人物紹介

ゼファー・アニーコート
《罪の騎士団》所属。
毒舌似非神父。
聖句より呪詛が得意で
紅茶好き。
アズリカ・ロワイル
《罪の騎士団》所属。
天才少年医術師。
腕は確かだが助けた者
に対価を要求する。
エルイーズ・ロディーヌ
《罪の騎士団》所属。
食の為なら命も捧げる生粋
の料理人。悪運が強く一部
から英雄視されている。

一章　罪の騎士

Redheaded Toa and the Knights of Sin

部屋に入った瞬間、息を呑《の》んだ。

姉のオルウェンが、天井から吊《つ》るした縄に首を通し、踏み台にしていた猫脚椅子をつま先で蹴り飛ばしたところだったからだ。

一瞬、姉の体が宙にぶらりと揺れた。トアは腰の剣を引き抜き、床に倒れた椅子を踏み台に飛びあがり、オルウェンの体を宙づりにしている縄に向けて剣を一閃《いっせん》させる。

縄は呆気《あっけ》ないほどあっさりと切れ、オルウェンの細い体が床に転がった。

「姉様！」

トアは剣を放り出し、ぐったりと倒れ込むオルウェンの体を抱き起した。小さく何度も咳《せ》き込む姉を確認し、トアは安堵《あんど》する。

「どうして、死なせて、くれないの……」

生き延びた事を悔やむように、唇を引き結んで嗚咽《おえつ》に震えるオルウェンの体をトアはぎゅっと抱きしめる。オルウェンの自慢だった腰まで伸びた金髪は肩辺りで切り揃えられて、姉の覚悟を突き付けられたようで胸が苦しい。

ここまで姉を追い詰めた事件を思い浮かべ、悲しみと怒りがない交ぜになった感情を抑え込むのに、トアは自制心を総動員しなくてはならなかった。

それでもまだ足りなくて、爪が食い込むほど強く拳を握りしめた。


落ち着きを取り戻し、ベッドの上で静かに寝息を立てるオルウェンの姿を確認して、後の看病は母シェローヌに任せてトアは部屋を出た。

寝姿に安心したというより、姉の目尻に残った涙の跡が痛々しくて、これ以上見ていられなかったのだ。

自室へ向かう廊下の途中で、事情を聞いて城から飛んで来たらしい父レンドランに会った。銀の甲冑《かっちゅう》を身に纏《まと》い、帯剣している。

「オルウェンは無事か？」

普段あまり感情を表に出さない厳格な父だが、今回ばかりは顔にも声にもわずかに不安気な色を滲《にじ》ませている。

「危ないところでした。今は落ち着いていますが、今後も目を離さない方がいいでしょう」

レンドランは苦悶《くもん》のしわが刻まれた眉間を手で押さえ嘆息した。

「いけません、父様。こういう時こそ背筋を伸ばしてしゃきっとなさってください。父様は城にお戻りになった方がいい。上に立つ者が心に弱さを抱いていては騎士達にも伝わります」

憔悴《しょうすい》しきったオルウェンの姿を見れば、よけいにレンドランの心労はかさむだろう。そう気を遣っての言葉だった。

レンドランは、苦笑とも取れる小さな笑みを零《こぼ》す。

「娘に諭される時がくるとはな。……わかった。オルウェンの事はシェローヌとお前に任せよう」

小さくなっていくレンドランの背中を見送りながら、この状況を呼び込んだ忌まわしい出来事を思い出した。


オルウェンには幼い頃から想い合っていた幼なじみの青年がいた。

青年の家はあまり裕福ではない商家であり、当初は彼とオルウェンの仲を快く思っていなかったレンドランも、二人の愛の深さに関係を許さざるを得なくなった。

彼と婚約を交わした時のオルウェンの幸せそうな笑顔は今でも胸に焼き付いているほど

だ。

オルウェンは体が弱かったが、大変器量が良く、良家の子息から何度も求婚を受ける身だった。しかし幼なじみへの愛を貫き通し、彼以外の人と結ばれる運命ならば、この身など消えてなくなってしまってもいいと、本心から言えるほどに深く愛していた。

数日後に迫った婚礼の日を心待ちにしていたオルウェンが不幸に見舞われたのは、婚儀に参列する予定であったレンドランの部下達へ挨拶に行くと言って、姉が王城へ顔を出した時の事だった。

陰で『シェルクライン王国の瘤《こぶ》』と揶揄《やゆ》される第三王子のダニアンが、オルウェンに一目惚《ひとめぼ》れをしてしまったのだ。ダニアンの女癖の悪さは国王も長年、頭を抱えている事案で、他の者が諫止《かんし》する余地もない。

ダニアンはオルウェンが婚約している事を知り、すぐに裏に手を回した。

婚約者である青年の家が商売を出来なくなるよう周囲に圧力をかけ、オルウェンとの婚約を破棄しなければ一家全員、路頭に迷う事になるぞと脅したのだ。

この一連の計画はダニアンの親衛隊でありながら、レンドランを敬愛している一人の騎士から聞いた話である。

一国の王子に睨《にら》まれては非力な青年に他に手はなかっただろう。大切なものを守るために、彼はオルウェンに婚約を解消しようと持ちかけた。

それからのオルウェンは抜け殻のようになり、食事も満足にとらずに毎日泣き腫らして過ごした。

最初の頃はダニアンも積極的にオルウェンに会いに来たり、贈り物や甘い言葉などで心を射止めようと必死だったが、そのうち魂が抜け落ちたような反応しか返さないオルウェンに飽きて、別の女を見つけたようだった。

時間がオルウェンの心の問題を解決してくれるだろうと、皆が楽観的に考えていた。けれどオルウェンは本気だったのだ。まさか本当に自死を図るほど思い詰めていたとは。

廊下を歩く足を止め、中庭とを隔てる、よく磨かれた大窓に映った自分の顔を見やる。

レンドランには背筋を伸ばせと檄《げき》を飛ばしたが、自分のこの覇気のない顔はなんだ。

二人きりの姉妹で、幼い頃から可愛《かわい》がってくれた大好きな姉が生きる力を失くしている時に笑えという方が無理な話だが、これではいけない。

トア自身も十六歳にして王立騎士団三番隊隊長を務める身である。ただでさえ「女だから」「若いから」と他の部隊長から軽んじて見られている立場であるのに、こんな顔をしていては部下に示しがつかない。

トアの家系、ミリィエルケット家は、先祖代々シェルクライン王国の団長を多く輩出しており、父のレンドランも王立騎士団団長を任された身である。

そのレンドランが「親の欲目」「身贔屓《みびいき》」だと一部の人間に陰口を叩《たた》かれながら、一切の私情は抜きに純粋に剣の腕と人格を買ってトアを隊長の座に推してくれたのだ。

父の期待に応《こた》えるためにも。これ以上父を悪く言われないためにも。ちゃんと顔を上げて前を見なければ。

姉の身は心配だが仕事をおろそかにする訳にはいかない。

ミリィエルケット家に男子の後継は生まれなかったため、幼少時より体があまり丈夫ではなかった姉に代わって、トアは自分から騎士になる道を選んだ。

小柄だが負けん気の強さだけは人一倍だったトアは、指南役の厳しい稽古にも泣き言ひとつ零さずに食らいついた。

同年代の少年達と剣を合わせれば負け知らずだったし、剣術大会でいくつもの勲章を手に入れた。

中には僻《ひが》んで「恵まれた環境で金をかけた教育を受ければ誰だってあれくらいは伸びる」と陰口を叩く者もいたが、トアは決して楽も猾《ずる》もしていない。

他の者であれば音を上げただろう厳しい訓練に、常に真っ向から立ち向かっただけだ。

その事を誇りに思っているし、何も恥じる事などしていない自分が他人の評価で揺れ動く事自体が、トアにとっては恥ずべき行為だった。

だから決めたのだ。周りに何を言われようと、自分は真っ直ぐに立ち続けようと。

その場所がたとえ暗闇でも、どんなに絶望的でも、歩き続ける事だけは諦めないようにと。

大切な姉を失っていたかもしれない現実は、トアの胸に恐怖にも等しい思いを芽生えさせた。だが、多くの人間が不安になっている今こそ、自分が下を向いていてはいけないのだとも思う。

目覚めた姉に、背筋を伸ばして本当の笑顔で「おはよう」が言えるように、今は少しずつでも前を向かなければ。

翌日。オルウェンはまだ目を覚まさない。トアは重い足取りで王城の東側に設けられた騎士団の詰所へと向かった。

詰所へ向かう途中の中庭に面した回廊の隅で、一番見たくなかった人間の姿が目に入った。ダニアン王子だ。

顔を見ただけで、自然と手が腰に提げた剣の柄《つか》へと伸びてしまう。腹の底で煮えたぎる激昂《げきこう》を抑えるのには多大な労力が必要だった。

王子は凝りもせずに侍女を口説き落とそうとしているようだ。

気にせず詰所へと足を進めようとした時、聞いてはいけない言葉が耳に飛び込んで来た。

「ダニアン王子はミリィエルケット家の、ご息女に想いを寄せておられるのでは？」

王子の口説き文句を躱《かわ》そうと思ったのだろう。侍女が口にした言葉にダニアンは大らかな笑い声を被《かぶ》せた。

「自殺未遂するような根暗な女に興味はないんだ。君みたいな太陽のように明るい女性が俺の好みだな」

ただ単に洟《はな》も引っかけられなかっただけのくせに。言ってはならない言葉を口にした。

堪《こら》えなくてはいけない。軽はずみな行動に出れば、大勢の人間に迷惑がかかる。今激情に流されたところで誰かを救える訳でも何かを変えられる訳でもない。それどころか多くの者を傷付けるだけだ。

――頭では充分にわかっていた。けれど抑えられなかった。

「貴様ぁッ!!」

トアは王子に向かって駆け、突然の怒声に目を丸くしていたダニアンの横面を拳で思い切り殴り付けた。

王子の体はよろめき、後ろの石壁に勢いよくぶつかる。侍女の悲鳴が上がった。

「ふざけるな、貴様が姉様の笑顔を奪ったんだろ！」

気絶した王子の胸倉を摑《つか》み、もう一度振り上げた腕を後ろから誰かに摑まれた。

振り向けばそこには父が立っていて、感情の読み取れない顔で無言のまま静かに首を左右に振った。それ以上はやめろという意味だ。

父の静かな、諭すような視線に射貫《いぬ》かれて、心がしだいに冷静さを取り戻していく。

――大変な事をしてしまった。

王族に対する傷害は、どんな理由があろうとも死罪と決まっている。


シェルクライン城の敷地《しきち》内にある地下牢《ろう》に入れられて一日が経《た》つ。敷地内とはいっても、入り口は日の当たらない北側の見張り塔に隠れるように設けられているため、嫌々仕事をこなしている牢番《ろうばん》くらいしか通り掛かる者もいない寂しい場所だ。

石積みの壁に石敷きの床。簡素で固いベッドの上で膝を抱えるトアは、牢内を満たす冷たい空気に小さく身震いした。

本来ならば冷え切った地下牢でひもじい思いをしているところなのだろうが、トアの部下達が気を遣って、牢番に内緒でこっそりと色々な差し入れを持って来てくれる。

自分は彼らにも大きな迷惑をかけたのだと、今さらながらに軽はずみな行動を恥じた。だが、間違っていたかと問われたら、自分は首を縦には振れないだろう。

大好きな家族を傷付けられ、侮辱され、黙っていられるほどトアは大人ではなかったし、あそこで堪えていても王子に対する積もり積もった怒りは遠からず限界に達していた。

牢に入れられて二日目のその日、トアは外へ出るようにと牢番から促された。

斬首《ざんしゅ》か絞首刑か。どちらにしろ、牢から出る許可がおりたという事は審判が下った事に他ならない。

両手に鉄枷《てつかせ》をはめられ、先を行く牢番の後に続いて、トアは地上へと繋《つな》がる階段を上がる。久しぶりに浴びる太陽の光がまぶしくて目を細めたトアの瞳に、心なしかやつれたように見える父レンドランの姿が映った。

歩み寄って来た父が牢番に頷《うなず》いて見せると、牢番は腰に提げた鍵束の中から小さな鍵をひとつ手に取りトアの鉄枷を外した。死罪が決まった人間の枷を外す事など普通ならありえない。

トアは意味がわからず、答えを求めて父を見やった。

「お前への処罰が決まった。聖ドロティア葬園への左遷だ」

聖ドロティア葬園。

ここよりはるか北方に位置する、恐ろしく広大な墓所の名である。

子供でも聞いた事があるだろう。死罪の代わりに罪人が送られる牢獄《ろうごく》のような場所であり、そこへ飛ばされた者の一ヶ月後の生存率が五割以下という過酷な地だ。

葬園での生活は一部の人間に言わせれば、死んだ方がよほどましだと思える地獄のような場所らしい。

しかし――。

「父様、なぜ私は死罪ではないのでしょうか。一国の王子を殴り飛ばしたというのに」

「ここでは話しづらい内容だ。いったん家に帰るぞ」

父の後に続いて城を出れば、ミリィエルケット家の馬車が外門《そともん》の傍らで待機していた。

トアが馬車に乗り込むためのステップを掛けてくれたのは、幼い頃から知る老御者ハンスだ。トアが礼を言うと、ハンスは何も応えずに悲しそうに目を伏せた。

馬車の中には、車輪が石畳を叩くがらがらという音が響いてくるだけだ。箱馬車の向かい側に座る父も、トア自身も、一言も言葉を発する事はなかった。

もう二度と戻る事はないだろうと諦めていた家の影が馬車の小窓から見えた時、トアは込み上げてくる思いをぐっと堪えた。

「国王の恩情だ。ダニアン王子の悪癖には国王もほとほと困り果てておられた。今回の件、王子に全面的に非があるとし、お前への処罰を私にすべて任せてくださった」

だが、軽い罰を与えては王子の溜飲《りゅういん》は下がらない。

国王はもう歳を召されている。温厚な性格で知られる第一王子は病弱で国など背負えないという噂だし、第二王子は奔放で城に寄りつかない。いつ第三王子のダニアンが好き勝手に権力を振りかざすようになってもおかしくない状況なのだ。

今回トアに軽罰を与えて一時、元の生活に戻れたとしても、現王が崩御した後の事を考えれば、トアはおろかミリィエルケット家全体に対して恨みを晴らして来る事は目に見えている。

聖ドロティア葬園は男性罪人のみが集められる場所と聞く。女にとっては一層、過酷で厳しい条件となるだろう。それを知ってダニアンは、満足顔で今回の処分に納得したという。

「私も、娘をそんな場所へ送りたくはなかった」

レンドランは苦渋に満ちた顔で、苦々しく言葉を吐く。

「ごめんなさい、父様。私のせいで、ご迷惑と心労をおかけして……」

レンドランは、そっとトアの体を抱きしめた。

「父様？」と身じろぎしたトアの頭を優しく大きな手で押さえ、胸の中に抱きとめる。

「お前が殴らなければ、私が殴っていた」

苦しげに震えながら吐き出された声を聞いてわかった。父はトアの事を少しも責めてないない。娘が動く前に動けなかった自分を責めているのだ。

トアは父の胸にしがみついて泣いた。申し訳なくて、不甲斐《ふがい》なくて、次から次へと涙が溢《あふ》れて来る。

なんて親不孝な娘だろう。親をこんなに悲しませて、苦しませて。

「ごめん、なさい……っ」

繰り返し呟《つぶや》いて嗚咽《おえつ》を漏らすトアの体を、父は何も言わないままきつく抱きしめた。

「葬園へ行くのなら男装をした方がいい」という父の言葉で、葬園へ向かう前日、トアは十一歳の誕生日から一度も切っていない腰まで伸びた自慢の赤毛を母に切ってもらう事にした。

「姉様は、まだ眠っていますか？」

夕日が差し込む自室で髪を切ってもらいながら、母に問いかけた。

えんじ色の絨毯《じゅうたん》の上に、飴色《あめいろ》の猫脚家具が揃えられた自室。貴族の娘の部屋にしてはあまりに飾り気が無いが、トアにとっては居心地の良《い》い空間だった。

母がやたらとレースのカーテンやぬいぐるみを飾りたがるが、トアは断固として拒んできた。そういったものが嫌いな訳ではないものの、自分には似合わないだろうと思っていたからだ。

様々な思い出が詰まったこの場所にも、もうじき別れを告げなければならない。

目の前の鏡に映るのは、自分と、三十も半ばだというのにまるで少女のような若々しい見た目をした母シェローヌだ。

緩く結った長い金髪を右肩に流しており、薄い灰色の瞳は慈しむようにトアに向けられている。母と姉はとても良く似ているな、と改めて思った。

わずかに憂いを帯びた両目を伏せて、母はトアの問いに答えを返してきた。

「あの日からずっと。熱を出して、食事と水を口にする時以外ほとんど目を開けないわ」

トアは窓の外へと視線を向ける。余裕のない日々を送るうちに、景色はすっかり秋の様相に移り変わっていた。幼い頃、姉とよく小さな茶会を開いた花園にはダリアの花が誇らしげに咲いている。

「姉様には、トアは名誉ある昇進で遠方の騎士団に赴任になったとお伝えください。本当の事を知ったら、姉様はきっとご自分を責めるでしょう」

「ええ、そうします。それでね、トア」

母は一旦ハサミを持つ手を止めて、鏡越しに視線を合わせてきた。優しげな母の目に決意めいたものを感じ取って、トアは静かに次の言葉を待つ。

「ミリィエルケットの姓は、今日かぎり捨てなさい。ミリィエルケットには女児しか生まれていない事を知る人間が葬園にいるかもしれません。決して女である事を悟られてはなりませんよ」

娘に家を捨てろと言っているのと同義だ。

母親として一体どれだけの決意を胸に、その言葉を口にした事だろう。娘の身を案じる、母の精一杯の思いやりだった。

「わかりました。トアは今この時より、ミリィエルケットの姓を捨て、トア・ヴァルチニカと名乗ります」

ヴァルチニカはトアの愛読書である、冒険小説の主人公の名前だ。

鏡越しの母は泣きそうな顔で笑い、「素敵ね」と涙声で答え再びハサミを動かす。

床にトアの赤い髪が積もっていく。十一歳の誕生日、家族の中で自分だけが赤毛である事を気にしていたトアの頭を母は撫《な》でながら言ったのだ。

「あなたの髪はとっても綺麗《きれい》ね。まるで明日《あした》の訪れを告げる夕日みたいに美しいわ。私はあなたの髪が大好きよ」

　それからトアは自分の髪が好きになった。

　母は覚えているだろうか。トアのコンプレックスが母の言葉で自信に変わったあの日の事を。

　覚えているのだとしたら、きっと今とてもつらい思いをさせてしまっている。いや、覚えているからこそ理髪師に任せず自らが娘の髪を切ると言い張ったのだろう。

　自分はやはり親不孝な娘だ、とトアは目を伏せた。トアの髪はまるで緋色《ひいろ》に染められた絹糸のように鮮やかに床を彩って行く。

　伝承されてきた古《いにしえ》の英雄トアも、自分と同じ色の髪をしていたらしい。

　そもそもこの名前は、本来なら男性名であるのに父が絶対に譲らないと言って自分に授けたものだという話を聞いた事がある。

　名前が重いと感じた事はない。むしろこの名前を貰《もら》ったからこそ、弱い心に負けずここまで歩いて来られたような気もするのだ。

　与えられたものを嘆くのではなく、受け入れて認めてしまえば楽になる事もある。

　この家に生まれて、トアは様々な大切な事を学んだ。

　姓を捨てたとしても、自分がミリィエルケット家とここに住む者達を思う気持ちは永遠に変わらない。

「あの、母様」

「どうしたの、トア？」

トアは戸惑って鏡に映る自分の姿を指差した。

「髪の長さが左右、全然違うのですが……」

「え、そう？　そうかしら？」

頬にかかる側頭の髪と襟足が、右側の方が明らかに長い。色んな角度からトアを見て、首を傾げている母は「じゃあ、もう少し左側を切っておく？」と困り顔で言った。

「そっちの方が短いんです。もういいです。母様に任せたら禿頭《とくとう》になってしまいそう」

「ひどいわ、トア」

二人でくすりと笑い合う。改めて鏡を覗《のぞ》いてみて、左右非対称の髪型というのも味があって悪くないとトアは思った。

出立の日、トアの持ち物は数着の男物の服に、騎士になる時に姉に貰ったお守り代わりのハンカチと、父から送られた銀の片手剣、それに母が焼いてくれたこれで最後になるであろうマフィンの包みだけだった。

葬園には最低限の私物しか持ち込む事が出来ない決まりだ。けれど本当に持って行きたい大切な物など数えるほどしかない。

使いの者に呼ばれて外に出ると、護送の馬車はミリィエルケット家の屋敷《やしき》の前まで迎えに来ていた。黒馬二頭立ての格子の付いた箱馬車は仰々しく、貴族街を通りすぎる人々の目を引いた。

今のトアの出で立《いた》ちは、貴族の少年と言えば誰もが納得する格好である。

ジレの下にクラヴァットの付いたシャツを着て、さらにその下には胸を隠すために麻の布をきつく巻いている。

下はジレと同じ色のチャコールグレーの短ズボンを穿《は》き、靴は動きやすい乗馬用のブーツだ。右側の頬に掛かる部分と襟足だけが長く、後はさっぱりと切られた髪も男である事を騙《かた》る強みになる。

見送りに出てくれた父と母、そして幼い頃からよく世話を焼いてくれた執事や侍女長の表情は一様に暗い。

レンドランはトアの肩に手を置くと、よく言い聞かせるように、力強く言葉を紡いだ。

「絶対に生き抜け」

生きる。ただそれだけの事が困難な場所へ娘を送り出さなければならない父からの、これ以上ないほどの激励の言葉だった。

トアはしっかりと頷《うなず》いてみせる。

「トアは、必ず生き抜いてみせます」

護送の兵士に促され馬車のステップに足をかける。

「トア隊長！」

突然かかった声に、トアは足を止め視線を左に向けた。

貴族街を通る石敷きの広い道に、若い騎士達が数十人整列している。皆トアの知る顔ばかりだ。なぜならトアが隊長を務めていたシェルクライン王立騎士団三番隊の隊員達だったから。

トアと目が合うと、副隊長である青年が背筋を伸ばして敬礼した。かしゃんと鎧《よろい》の音を立てて他の者も皆それにならう。

すでに罪人であり、隊長でもないトアにこんな事をしたと王子に知られれば、彼らもなんのお咎《とが》めもなしとはいかないだろう。その危険を承知で、彼らはトアを見送りに来てくれたのだ。

泣くものかと決めていたのに、トアは込み上げてくる涙を堪《こら》える事が出来なかった。情けない泣き顔のまま、トアは最後までついて来てくれたまっすぐな騎士達に敬礼を返す。

「我らの栄光は常に、立ち向かい切り開いた先に必ずあるものだ。皆の胸に勇気がある限り、その道は決して閉ざされはしないだろう」

シェルクライン王立騎士団の初代団長が遺《のこ》した言葉を、トアは「部下」ではなく「仲間」として愛した者達に向けた。

これ以上、泣き顔をさらすのはトアのプライドが許さない。トアはステップを踏んで、馬車の中に乗り込んだ。トアの後から見張りの兵士が一人乗り込んでくる。

「別れの挨拶は済んだか？」

格子窓越しに、御者席から護送の兵士が声をかけて来た。普通なら罪人にこんな風に気を遣ったりはしないだろう。おそらくトアの罪状を知っているのだ。

「済みました。馬車を出してください」

これ以上みんなの顔を見ていたら「行きたくない」と泣き叫んでしまいそうだ。そんな無様な真似《まね》だけは絶対にしたくない。

兵士が馬に鞭《むち》を入れると、カラカラと車輪が回り、馬車はゆっくりと動き出した。

これから行く場所がどんな場所なのか詳しくは知らない。知る必要のない場所だと思っていた。

けれどそれがどんなに過酷で辛《つら》い場所であったとしても絶対に生き抜いてみせる。

どんな運命が立ち塞がろうと、必ず父との約束を果たそうとトアは固く胸に誓った。

途中何度も野営を挟み、山を越え、村や街をいくつか経由して北へと向かう。そのたびに護送の馬車と兵、御者が替わった。

由緒ある伯爵家の娘として生まれ、食事はいつも料理長の作ってくれる最高級のものばかり口にしてきたトアにとって、野営で食べる干し肉やチーズなどの味気ない保存食の類《たぐい》は正直食べるのがきつかった。

けれどこれも自分のしでかした事の報いだ。命が助かっただけでも感謝しなくてはならない。

それに護送の騎士達はトアの事情を知らされているらしく、決してトアをぞんざいには扱わなかった。

彼らが用意してくれた食べ物を、口に合わないから食べたくないなどと言えるはずもない。

トアは石のように固いパンを充分にスープに浸して喉の奥へ押し込んだ。

「アルサリス領の事は知っているか？」

最初は地べたに寝転ぶ事に抵抗を覚えたものの、今ではすっかり慣れた野営の夜。

夕食を終えて焚《た》き火に当たりながら温めた葡萄酒《ぶどう》を飲んでいた時、隣に腰掛けた騎士が話しかけてきた。これから向かう場所の知識を暇つぶしに教えてやろうというつもりらしい。

「雪に閉ざされた呪われた土地で、シェルクライン王国が国教とする聖櫃教会《アークチャーチ》が管理している、というくらいなら」

「さすがにそれくらいは知っているか。では、なぜアルサリス領を治める辺境伯が、教会の葬園も含むあれほどの広大な領地を与えられたか、その理由は？」

「三百年前に世界各地で起きていた魔族との戦争に、初代当主が大きく貢献したと聞いた事があります」

騎士は頷き、温めた事でアルコールの飛んだ葡萄酒を一口含んだ。

「三百年前、アルサリス地方の南部一帯——聖ドロティア葬園がある場所は人間と魔族の激戦区だった。教皇の命令でそこへ赴いた聖騎士ヴェルクス・キルエリッヒは死闘の末に、魔族を率いていた一人の魔女を退けたのだ。その功績をたたえられ、当時の教皇より爵位と、聖地であった葬園一帯を領土として与えられたという」

しかし、と騎士は顔を曇らせた。

「ここだけの話だが、今のアルサリス伯……キルエリッヒ家にはドロティアの戦役当時の華々しさは見る影もないと聞く。爵位を賜った当主は取り憑《つ》かれたように日々墓堀りに勤《いそ》しみ、その異常な行為を十七代目となった現在も続けているというのだからな。噂では失われた自分の心臓を探す人形だという話も聞く。陰で人形伯などと呼ぶ者もいるほどだ。おっと、俺がこんな話をしていた事は口外するなよ？」

その話は聞いた事がない。理由はともあれ墓掘りが趣味だとすれば相当の変わり者か、ただの変態だ。

「お前がこれから行く事になる聖ドロティア葬園では、その墓掘りの手伝いをさせられる事になるぞ。墓掘りの供とするためにアルサリス伯は罪人を寄越すよう、教会を通して各国に布達しているんだからな」

ぞっとしない話だった。これから一生、墓を掘り起こして暮らさなければならないなんて、考えただけでも気の遠くなる話だ。

北に向かうにつれ気温は段々と下がり、馬車の格子窓から覗いて外を見れば、地面には薄《うっす》らと雪が積もっていた。

季節はまだ十月半ばで、今だとシェルクライン王国では色とりどりの秋の花が楽しめたのだが、同じ国土でありながらアルサリス領は年間の三分の二が雪に閉ざされる過酷な土地らしい。

王都シェルクラインを出てから二週間後の正午、馬車はついに目的地の目前に辿《たど》り着いた。

目の前には天を貫《つらぬ》くように高い、黒色をした巨大な杭《くい》が等間隔に並ぶ異様な光景が広がっていた。杭一本の太さはトアの腰回りくらいあり、間隔はトアの腕が一本通せるか通せないかくらいの隙間しかない。

「これはなんですか？」

門の役割として作られたのであろう、杭の間に設けられた大きな砦《とりで》の入り口で馬車を停めた護衛兵が、トアの質問に答えを返した。

「〝黒棺《くろのひつぎ》〟と呼ばれている。この地の不浄なる者が外界へ溢《あふ》れ出さぬように遥《はる》か昔、聖櫃教会が作った封印のようなものだ。とはいえ効果は、実際には不浄な存在に対してではなく、内外から不法に出入りする人間の抑止に留《とど》まっているがな。これは外周だが、中間と、さらに葬園の周りにも同じものがある」

これほどの物を作るのに一体どれだけの歳月と人力が必要だったのだろう。見渡す限り、黒棺の終わりが見えないほど遠くまで連なっている。

トアは馬車を降ろされて『エデルの砦』と呼ばれる石造りの建物に近付く。入り口には騎士が二人立っていて、すでに早馬で知らせを受けていたのだろう、護送兵がトアの名を出すと簡単に門を通してもらえた。

門を通る間際、少し離れた場所に貴族が乗る箱馬車が停まっているのが見えた。こんな何もない寒々しい砦に、どんな理由で高貴な身分の者が立ち寄っているのだろうか。どうであれ自分には関係のない事だが。

砦の中には多くの騎士がおり、ちらりとトアに視線を寄越すだけで何事もないように通り過ぎて行く。ここを罪人が通る事には慣れているらしい。

砦をまっすぐに突っ切って反対側の入り口に着くと、一頭立ての幌《ほろ》馬車が用意されていた。

「後はここの騎士殿に従え」

ここまで連れて来てくれた護送兵とはお別れのようだ。

トアは幌馬車に押し込まれ、続いて鎧の騎士が三人乗り込んで来た。トアが慣れない寒さに震えていると、騎士の一人が無言で毛布を放り投げてくれた。礼を言って毛布を体に巻く。

温かい湯船に浸《つ》かりたいな……と考えて、嘆息と共に吐き出した息は白い。

馬車は一時間ほど走って、先ほどと同じような砦に到着した。

だが、少し様子がおかしい。砦の外に見張りの姿もなく、しばらく待っても誰かが出てくる気配がないのだ。

「……おい、何か変じゃないか？」

馬車から降りたトアの右脇に騎士の一人が立ち、腰の剣に手をかけながら不安げな声を漏らす。

「用心しろ。何か起こったのかもしれん」

周囲に気を配りつつ、左脇に立っていた騎士が砦の入り口に近付いていく。

聖ドロティア葬園は呪われた場所だ。噂では三百年前に魔女が率いていた不浄なる者達の生き残りが、いまだに人間の脅威になっているとも聞く。

剣さえ持っていれば戦力になる自信はあるのだが、罪人であるトアは武器を取り上げられている上に両手に枷《かせ》をはめられている。これでは足手まといにしかならない。

「お前はこちらへ」

馬車付近に残った騎士に声をかけられ、トアは先に進んだ二人の背中を見守りながら一歩後退した。

砦の入り口に二人の騎士が辿り着いたその時だ。

雪が薄く降り積もった地面に、騎士の一人が剣を落とした。続けざまに地面に別の剣が突き刺さる。湾刀だ。

その視覚情報に違和感を覚えた瞬間、騎士が断末魔にも似た悲鳴を上げた。

最初に雪の上に落ちたのは剣と――それを握る騎士の前腕だった。

辺りの白雪には深紅が散り、騎士は右腕を押さえてその場にうずくまる。

取り乱す騎士達から視線を外し、トアは冷静に砦の上方を見やった。

そこには一人の人間が立っていた。逆光になって顔までは確認出来ないが、体格からして男だろう。右手に大振りの湾刀を持っている。状況から察するに、そいつが狙いを定めて落とした剣が騎士の前腕を奪ったと見て間違いない。

「僕に剣を」

「駄目だ」

馬車付近に残った騎士に武器を要求するが、案の定あっさりと断られた。剣さえあれば戦力になる自信はあるのに、とトアは歯噛《はが》みする。

砦の上から二人の騎士を見下ろしていた人物が、湾刀を握り直して一歩を踏み出した。

二人の騎士は上方の存在に気付いていない。

「逃げろ！」

言うと同時にトアは駆け出した。戦う術《すべ》などすべて奪われているが、体当たりくらいなら出来る。目の前で危ぶまれている命があるのに、見過ごす事など出来ない。

トアが二人の騎士の下へ駆け付けるのと、湾刀を手にした人間が地面に着地したのはほぼ同時だった。

隔てるように騎士達と湾刀の男との間に立ったトアは、間近で相手の姿を見てぞっとする。

恐ろしく美しい見た目をしているが、目には生気というものが宿っておらず、青白い顔には一切の表情がない。――そう、まるで死体が動いているかのように思えたのだ。

トアが見せた一瞬の隙を相手は見逃してはくれなかった。俊敏に湾刀を薙《な》ぐ動作を見せる男。トアは小柄な体を活《い》かして咄嗟《とっさ》に身を低くし剣を躱《かわ》すと、左足を大きくはらって相手の足下をすくった。

バランスを崩してわずかによろめいた相手に体当たりを食らわせ地面に押し倒し、自身の両手首を拘束している枷を相手の首に押し付け、剣を持つ方の手首を足で踏みつける。

騎士二人は半ば呆《ほう》けてそれを見ていた。

相手の動きを完全に封じたのはいいが、ここからどう動くべきか。ほんのわずかに考えをめぐらせたトアの背後に気配が生まれた。振り返ろうとした瞬間、体を除《よ》けるように押され、もともと不安定な体勢だったトアは傍らに尻餅をついた。

すぐに立て直し見上げた先にいたのは、黒いフードを目深に被《かぶ》った一人の男だった。彼は地面でもがく湾刀の男の胸板を片足で押さえ込み、手に持った黒塗りの長剣を握り直した。

フードの男はなんの躊躇《ちゅうちょ》も無く、踏みつけた男の左胸に剣を突き立てる。フードの男は相手が動かなくなったのを確認して剣を引き抜いたが、不思議な事に血が出ない。心臓を貫いたというのに、あり得ない話だ。

「ロキ様！　一人で行動されては困ります……！」

フードの男の下へ駆け寄ってきたのは、黒い鎧に身を包んだ長身の騎士だった。

ロキと呼ばれたフード姿の男はそちらへ振り返り「生き残りは」と質問を投げ掛ける。声にはまったく抑揚がない。

「全滅です。ここを襲撃したと見られる他の〝グランギニョール〟はすべて排除しましたが、残念ながら少し遅かったようですね」

「そうか」

悲しそうでも、残念そうでもない声でロキは答えた。それからフードから覗《のぞ》く薄葡萄色の目を、片腕を失った騎士へと向ける。

「応急処置くらいは可能だが、ここでは適切な手当てはしてやれない」

いつの間にか護送の騎士がトアの隣にやってきて、頭ひとつ分高いロキを見上げ口を開いた。

「キルエリッヒ卿《きょう》とお見受けいたします。間違いはございませんか？」

ロキは黙って頷《うなず》いて見せる。

「私どもは聖ドロティア葬園に罪人を護送する途中でして、このまま任務を続行する所存です。卿に仲間の身を預けてもよろしいでしょうか？」

「構わない。どうせエデルの砦まで用向きがあってここを通りかかったのだからな。壊滅した砦の状況も伝える必要があるだろう」

「有り難く存じます。屈指の剣の使い手と聞き及ぶ卿にならば安心して仲間を託せます。それでは我々はこれにて……」

騎士の言葉をすべて聞き終える前に背中を向けたロキを、トアは黙って見送った。

ロキの姿が完全に見えなくなるまでその場に留まっていた護送の騎士は、何か言いたそうにトアに視線を向けてきた。

「……お前は仲間の命の恩人だ。見逃してやる事は出来ないが、礼だけは言わせてくれ」

悔しそうに顔をしかめた騎士にトアは苦笑を向ける。

「自分が犯した罪から逃げるつもりはありません。あなたが気に病む必要はない」

トアは自分から馬車に乗り込み、騎士達が同乗するのを待ってから質問を投げかけた。

「グランギニョールというのは？」

「三百年前にドロティアの戦役で魔女が率いていたのがグランギニョール——人間の死体から作られた人形だ。葬園にはまだ数多《あまた》のグランギニョールが存在していて、時たま先ほどのように外に迷い出てくる奴がいる。個体によってまちまちだが総じて戦闘能力が高いため、いまだに人間が被る損害は馬鹿にならない。奴らを倒すには、魔力が宿っているという心臓を破壊する以外の方法がないしな」

話を聞くに聖ドロティア葬園に送られた者達の死亡率の高さは、まず間違いなくグランギニョールによってもたらされたものだろう。


それから特に話もなく、太陽が大きく西に傾いた頃にトアはついに聖ドロティア葬園の砦に到着した。

馬車を降りて砦を見上げたトアは思わず感嘆の声を漏らす。先に見たふたつの砦とは規模が違う。まるで小国の王城のような大きさだ。

周囲を見渡せばこれまでと同じように、砦の側面から隙間なく黒棺の柵が地平線の先へと続いている。

砦の入り口は大きく内側へ引っ込んだような造りになっていて、その前には牢《ろう》を思わせる巨大な鉄格子がそびえており、大きな南京錠《なんきんじょう》がいくつもぶら下がっていた。

馬車を降りた騎士は腰に提げていた大きな鍵で錠を順番に開けていく。

立派な格子だな、なんの材質で出来ているんだろうと思い、興味本位でトアが鉄格子に指先を触れようとすると、騎士の一人がトアの手を素早く払った。

「不用意に触るな。この格子には魔法がかけてある。鍵をすべて外した状態でなければ、触れた者は体中に雷が走り数時間身動きが取れなくなるぞ。こんなところで寝転がっていたら凍え死ぬ」

はぁ……とトアは気の抜けた声で返した。やはり罪人が送られる場所だけあって脱走対策は万全らしい。

「入れ」

顎をしゃくって促した騎士に従い、トアは鉄格子の先へと進んだ。どうやら騎士達がついて来るのはここまでのようだ。

「じゃあな。……慰めにもならんかも知れんが、幸運を祈る」

トアが中へ入ったのを確認すると、また順番に南京錠に鍵を掛け、騎士達は馬車に乗り込んで去って行った。

ここにいても寒いだけだ。トアは馬車に長時間揺られていたせいで、わずかに覚束《おぼつか》ない足を動かし砦《とりで》に向かう。

砦の入り口には見張りのような者は誰もおらず、錆《さび》で軋《きし》る両開きの玄関の扉を勝手に押し開けて中へ入った。

「トア・ヴァルチニカ団長！」

「ようこそ我らの城へ！」

突然湧いた歓声と拍手に、トアは入り口に突っ立ったまま呆然《ぼうぜん》としてしまった。広い玄関ホールにはざっと見、三十人くらいの男が集まっていて、トアににこやかな笑顔を向けている。

全員、ここの制服なのだろう、黒地のコートを着ており、胸の部分には朱色の装飾十字が刺繍《ししゅう》されていた。腰の低い位置に巻いた太めの黒い革ベルトからは剣を提げたり、ある者は酒の瓶をぶら提げたりしている。

「さぁ、そんな所に立ってちゃ寒いでしょう、こっちに団長の部屋を用意してあるんですよ」

一見すると中年のように見えるが、声からしてそんなに歳はいっていないだろう無精ひげを生やした金髪の男が、トアの背中を押して玄関ホール真正面の階段へ誘導した。

「ま、待ってくれ！　団長ってなんだ。さっぱり意味がわからない」

「団長の罪状はもう知れ渡ってますよ。姉上を助けるためにタラシ王子をぶん殴って、普通なら死罪になるところを強運でここへ生き延びたんだとか。いやぁ、立派だ！　その度量と運の強さ、俺達の団長にふさわしい！」

自分は何も助ける事なんて出来なかったし、ただ大切な人達を悲しませる事しか出来なかったのだが……何やら話が誇張されて英雄譚《たん》にすり替わっている気がする。

踊り場からさらに左右に延びた階段の右側の方を上り、長く延びた石の廊下を行き止まりまで歩かされて、そこからさらに階段を上らされる。

三階の通路の真ん中に『トア団長の部屋』と銅製プレートのかかった飴色《あめいろ》の木製扉があった。

中に入ると床には絨毯《じゅうたん》が敷かれており、書机と本棚、寝心地のよさそうな大きなベッドが目に入った。よく掃除されているらしく埃《ほこり》っぽさはない。

「さぁ、座って座って」

ぐいぐいと背中を押されて正面の椅子に着かされる。急な展開に頭がついて行かない。

無精ひげの男はお構いなしで、目の前にある書机に一枚の羊皮紙を置いた。

「これは？」

「俺達〝罪の騎士〟の団長になるっていう署名をね、ここにしてほしいんです」

「罪の騎士？」

「トア団長は育ちがいいからご存じないっすかね。ここに集められた人間は、理由は何であれ罪を犯した者ばかり。俺達は、ここいら一帯ではそういう風に呼ばれてるんですよ。まぁ、正式名称は聖ドロティア葬園騎士団ですがね」

それはわかったが、来たばかりで団長というのもなんだかおかしな話だ。というかこの人達は初めて会った人間をどうしてここまで信用出来るのだろう。それに——。

「今までの団長はどこにいるんだ？」

「ここにはもう長い間、団長がいないんですよ。団長の器にふさわしい人間が来ないからです。俺達、罪の騎士の生存率が異常に低いのも、統率してくれる人間がいないってのが大きな理由になってたりします」

「そう言われてもな」

署名を迷っているトアに、部屋の中でひしめき合う男達は口々に言った。

「俺達はトア団長みたいな器のデカい男を待ってたんだ」

「そうだそうだ！　トア団長にならなら命を預けられる」

「ささっと、お願いしますよ。俺達を助けると思って！」

トアは先ほどから率先して事を運ぼうとする無精ひげの男を見やった。

「あなたが団長じゃ駄目なのか？　歳も僕より上みたいだし、リーダーシップがあるように思えるんだが」

無精ひげの男は一瞬、顔を引きつらせる。しかしすぐに取り繕って笑った。

「俺なんて、人望のなさじゃ随一ですし」

「そうですよ、こんなむさくるしい男に忠誠を誓うくらいなら一年間酒を断った方がマシだ！」

「こんな汚《きた》ならしい男は守る気にはなれねえけど、トア団長のためなら命を懸けてもいいって思えるぜ、俺は！」

「俺もだ！」と次々と男達は口を揃《そろ》えて言う。

トアの意思に拘《かか》わらず、この雰囲気では署名をするまで逃がしてもらえなそうだ。トアは短く溜息《ためいき》を吐き出し、羽根ペンの先をインクに浸した。

「……これでいいのか？」

署名の済んだ羊皮紙を持ち上げると、男達は「やったぁ！」と歓声を上げて、それを受け取った。

「んじゃあ、これは俺が責任を持って外門《そともん》の方へ届けるんで」

外門というのはここへ来るまでに設けられていたふたつの砦のどちらかの事だろう。ひとつはグランギニョールによって壊滅させられているので、羊皮紙の届け先はエデルの砦という事になるのだろうが。

「団長が決まったら、伝書鳩《でんしょばと》の足に署名書をくっつけて飛ばすんですよ。それが外門の騎士に届けば正式に団長である事が認められるんです」

トアが気になった事を、無精ひげの男の隣でにこにこしていた青年が先に説明してくれた。

「あとですね、ちょっと失礼」

無精ひげの男は数歩後退《あとずさ》りしてトアから距離を取ると、顎に手を当ててトアの頭の先からつま先までを舐《な》めるように見つめる。

「一体なにを？」

「ここで団長の着る制服は俺達が着てる物とはデザインが違うんです。一応フリーサイズで用意されてたんですが……その、トア団長はちょっと小柄だから、用意されてた服じゃ合わないでしょう。署名書と一緒に制服のサイズも外門に送っときます。数日で仕上がって来ると思いますよ。あ、ちなみに俺の実家は仕立て屋なんで、服の上から見ただけでサイズがわかります」

トアの体のサイズを紙に書き込んだ男は、団長室の大きくとられた窓に歩み寄って開け放ち、すぐ脇に作られた鳩《はと》の巣箱の中から一羽《わ》をちょいちょいと指先で呼んだ。よく飼いならされているらしく、鳩は大人しく巣箱から出て来ると、男が足に伝書を括《くく》り付ける間もじっとしていた。

鳩が飛び立ったのを確認して「それじゃ」と男はトアに頭を下げる。

「ちょっと待て。今この砦には何人くらいの騎士がいるんだ？」

意気揚々といった足取りで部屋を出て行こうとする無精ひげの男を呼び止める。

「五十人くらいっすかね。そのうちの二十人は墓掘りに駆り出されてます。ああ、人数なんて覚えなくてもいいですよ、どうせ片っ端から死んでくんで」

男は肩越しにどこか嘲笑するような笑みを浮かべ、他の騎士達を連れて部屋を出て行った。

ものすごく自然に吐き出された言葉だが、冷静に考えてみると恐ろしい台詞《せりふ》だ。ここにいる者達にとっては、すでにその生活が当たり前なのだろう。

こんな所で、しかも早々に団長に仕立て上げられて、ちゃんとやっていけるのかと早くも不安になってきた。

長旅で疲れてはいるものの、まずはこれから自分が生活する場所がどんな所なのか把握する必要がある。トアは、騎士達との顔合わせも含めて砦の間取りを確認しておこうと部屋を出た。

階段を下りて廊下の角を曲がろうとした時、男達の笑い声が聞こえてきた。

「ちょろいぜ」

「やっぱ貴族の坊ちゃんは生ぬるいな」

「これで高死亡率枠がひとつ埋まったって訳だ。よっしゃ」

話をしている男達を壁に隠れてこっそり窺《うかが》うと、先ほど団長室へやって来た者達だった。

一体どういう事だろう。わからない事は本人達に聞くのが一番である。トアは隠れるのをやめて、笑い合っている男達に声をかけた。

「なんの話だ？」

振り向いた男達は別段焦った様子も見せずに、トアを見て口の端を上げた。けれどその笑いは先ほど団長室で向けてきた親しみのある笑顔ではなく、小馬鹿にしたような蔑《さげす》んだ笑いだった。

「噂をすれば、ボンボンのご登場だ」

げらげらと男達は品のない笑い声をあげる。

「今の話の内容、どういう意味なのか説明してくれ」

男の一人がトアの頭に手を置いて、からかうように軽く叩《たた》いた。

「本当になんにも知らずに来たんだな、お前。いいか？　ここではな、人形伯様が墓掘りに行くっつったら俺らの誰かが指名された人数で必ず随伴しなきゃなんねえ。だが葬園には人形――グランギニョールがうろうろしてて、すげぇ危ねぇ場所なわけよ。俺らの仲間がそこで数えきれないくらい死んでる、そんな場所だ。んで、人形伯の要請に必ず応《こた》えなきゃなんねえのが団長――ここでは墓守《はかもり》って呼ばれてるが、まあ、お前って事だ。今まで墓掘り要員はカードで負けた奴が行く事になってたが、そのうちの必須枠のひとつはお前のお陰で埋まったって事さ。わかったかい、世間知らずのお坊ちゃん？」

まんまと乗せられたという訳だ。ただでさえ生存が難しい場所で、さらに死亡率の高い地位を自ら受け入れてしまった。父との約束を違《たが》えるつもりはないが、少しだけ弱い心が顔を見せそうになって、心の中で自分を叱咤《しった》した。

「やられましたね」

男達が去った後、その場に立ちすくんでいたトアの隣にひとつの人影が並んだ。視線を横に流し首を上に向ければ、はっと息を呑《の》むような美貌を湛《たた》えた青年が立っていた。

歳は二十代半ばくらいだろうか。柔らかそうな猫毛の金髪に、炎を思わせる火色の涼しげな瞳がよく映えている。肌は驚くほど白く、まるで絵画の中から抜け出して来た天使のようだ。背は百八十は優に超えているだろう。隣に並ばれると見上げなくてはならず首が疲れる。

「教えてもよかったんですけど、私も無用な恨みは買いたくないんで。恨むのは得意なんですが、恨まれると腹が立つんですよね」

見た目の麗しさとは裏腹に投げやりな口調で喋《しゃべ》るその青年は、金糸で縁取られた黒いローブを着て、腰には同色の布を重ねて巻き、そこにも金糸で十字架が縫い取られている。ローブの肩掛けの真ん中には朱色の十字架が描かれていた。格好からして聖職者である事は疑いない。

「あなたは？　罪人……には見えないが」

「ここには罪人ではない人間などいませんよ。私は自分で作った毒薬や呪具を裏ルートで売り払った罪でここへ送られました」

「聖職者に見えるんだが違うのか……」

「そうですよ、神父です。ただ聖水を作るよりも毒薬を作る方が得意なだけです。聖書を読むよりも魔術書を読んでる時の方が楽しいですしね。加えて言うなら聖像に囲まれているよりも、ここで墓石に囲まれている方が落ち着きます」

　青年が大事そうに腕に抱え持っている本に視線を落とす。てっきり聖書かと思っていたが、よく見れば悪魔召喚の本だった。とんだ似非神父だ。さっき一瞬でも天使だと思ってしまった自分が少し恥ずかしい。

「どうして、神父がこんな場所へ？　ここに必要なのか、その……あなたみたいな人は」

「言いたい事はわかります。確かにここには神なんて信じている人間は一人もいません。私を含めてね。けれど仕事があるんですよ。この砦《とりで》の裏側全面に広がる葬園はグランギニョールと呼ばれる死体製人形達が跋扈《ばっこ》しています。彼らは魔女に与えられた魔力をもとに稼働する傀儡《かいらい》ですが、死体が元になっているだけあって悪霊の類《たぐい》と同じ性質を持っているんですよ。たとえばグランギニョールの力を削るには聖水や聖句がよく効く、とかね。私の主な仕事は浮かばれない死者を、いるかもわからない神の下へ送る事ですが、もうひとつの役割は不潔極まりない死体製人形達を弱体化する事なんです」

　この人に供養されても昇天出来ない気がする、と思った瞬間、トアの腹の虫がぐるるぅと鳴いた。

　恥ずかしくなって俯《うつむ》くトアに神父は気にした風もなく問いかけてきた。

「食堂の場所は知ってます？」

トアは首を横に振る。

「もう夕食の時間ですからね。ついて来てください、案内します」

すたすたと先へ進んで行ってしまう神父の後を、トアは小走りで追いかけた。脚の長さが違うので当然歩幅にも差が出る。やっと隣に並んで神父の横顔に視線を送った。

「僕はトア・ヴァルチニカだ。あなたの名は?」

「ゼファー・アニーコート」

答えてゼファーは、冷ややかな視線で見下ろしてきた。何かまずい事でも言ってしまったのだろうかと思っていると。

「ここで名乗り合うのってあんまり好きじゃないんですよね。名前を覚えた途端死なれると、さすがの私も気が滅入《めい》るというか。名乗ったからには二週間は生きていてくださいね」

「あ、まぁ……善処する」

変わり者である事は確かだが、悪い人間ではないように思える。この砦の中では比較的トアに好意的に接してくれる数少ない人間となりそうだ。

食堂は玄関ホールを大きく左に回り込み、雪の積もった広い中庭を突っ切った先にあった。

両開きの木製扉を開けた瞬間、香って来たのは食べ物の匂いに混じった強烈な酒気だ。食堂はかなり広く、いくつもの簡素な木の長机に長椅子が備えられている。男達は各々自由に席に座り、下卑た笑い声を上げながら酒を酌み交わしていた。

「あまりに下品で下劣で下種《げす》な彼らの姿に猛烈な殺意を覚えるでしょうが、ぐっと堪《こら》えて」

「いや、そこまで腹は立たないが」

貴族育ちのトアにとっては見慣れない光景だが、場末の酒場などではこういった雰囲気は当たり前だと前に先輩騎士に聞いた事がある。

ゼファーに続いて、食事が載ったトレイを受け取るためカウンターに向かう。その途中、左右から「お前か、間抜けな墓守って」とか「かわいい顔してんじゃねぇか坊主」などと酒臭い野次が飛んでくる。

「気にしないように。馬鹿を相手にするのは相手にする方も同レベルです」

出会って間もないが、このゼファーという青年はかなりの毒舌のようだ。

厨房《ちゅうぼう》の奥から顔を出した少年から、カウンター越しに食事の載ったトレイを受け取る。

罪人が送られてくる場所なので食事には正直期待していなかったのだが、豚肉のソテーとカボチャのシチュー、柔らかい焼き立てのパンにサラダまで付いて、見た感じではちょっと高級な飲食店で出て来るような物と大差ない。

ゼファーは軽く食堂を見回して「あそこにしましょう」と奥の席へ向かった。

食堂の一番隅の席には少年が一人腰掛けて黙々と食事をしていた。ゼファーが少年の向かい側の席に座ると、少年は食べる手を止めて睨《にら》みを利かせてくる。

「席なら他にもあるだろ。なんでわざわざ僕と同じ席に座るんだよ」

不機嫌そうに細められた少年の目は薄氷のように透き通った薄青をしていて、とても綺《き》麗《れい》だ。髪は雪のように白く、黒いワイヤーを編んで作ったカチューシャでラフに後ろへ流している。

トアと同い年か、もしくは少し上くらいだろうか。わずかに幼さの残る顔立ちだが、とても整った容姿をしている。

服装は他の者が皆、黒を基調としたものを着用しているのに対して、目の前の少年は白いシャツにアイボリーのジレを重ね着し、一見するとどこかの貴族の子息のようだ。ジレの胸には、黒色の十字が描かれている。

「他の席は下等な生き物が座っていて、食事を吐きそうになるので」

「相変わらず口汚ぇな。神父のくせに」

ふん、と鼻を鳴らして少年は、それ以上は興味がないとでも言うように再び食事を始めた。

「……彼は？」

ゼファーの隣に腰掛けながら、トアは少年に視線を投げる。

「アズリカ・ロワイル。性根がひねくれ曲がり、口も性格も態度も最悪ですが、まあ何かの役には立つでしょう」

目の前の少年——アズリカは何も言わずに自分の皿の豚肉に垂直にフォークを突き立てた。怒っているようだが、何も言わないのがさらに怒気を強調している。

なんだか気まずい雰囲気が漂っているのだが、ゼファーはまったく意に介さずに優雅な手付きで食事を進めた。

微妙な空気だ。居心地がいいとは言えないが、トアは空腹に耐えかねてハーブソース付きの豚肉のソテーを一口頬張った。直後、トアは驚きで目を見開く。

「おいしい……！」

野営続きの長旅でちゃんとした食べ物に飢えていたという理由もあるかもしれないが、ミリィエルケットのお抱えシェフですら、こんなに素晴らしい味は出せないだろう。

「まあ、おいしいですよね」

「食えなくはない」

こんなにおいしいのに、ゼファーとアズリカの感動は薄いようだ。もうすっかり食べ慣れてしまって舌が肥えているのかもしれない。

冷えた体を温めてくれるカボチャのシチューも、口の中に入れた途端溶けてしまいそうなふわふわのパンも、酸味のきいたマヨネーズドレッシングで和《あ》えた細切りニンジンのサラダも、どれも頬が落ちるほどおいしかった。

まさかこんな辺境の地へ来て、これほどの食事が食べられるとは思っていなかった。墓守という損な立場を押し付けられた出来事も吹っ飛んでしまうくらい、今のトアは幸せだった。

死んだ方がましだなんてとんでもない。毎日こんな食事が食べられるなら、ここにいるのも悪くないと思えるほどだ。

「これは、誰が作ってるんだ？」

トアの質問にアズリカは無表情で返す。

「言いたくないね」

そのまま立ち上がると、トレイを持ってカウンターへ向かった。

「おいおいわかりますよ。ここでは一度に色んな事を覚えようとしてはいけません。覚えてもどうせ死ぬかもしれませんし」

神父ならもっと人に希望を与える言葉を使うべきじゃないだろうか、とトアは若干の疲れを覚えながら思った。

ゼファーと食堂の入り口で別れて自室へ向かう途中、廊下で待ち伏せしていたらしいアズリカに会った。

「こんなところで何を？」と声をかけるよりも先にアズリカの方が口を開く。

「あんた、女だろ」

壁に背を預けて立っていたアズリカは、トアの心の底まで見透かしてくるような視線を向けてくる。

何か女とばれるような事をしただろうか。内心冷や汗をかくが、ここでは決して女である事を知られてはならないという父からの忠告を思い出し、トアは平静さを装った。

「何を言ってる。僕は男だ」

「嘘《うそ》をついても僕にはわかるぜ。顔、声、体つき、それに骨格を見れば一目瞭然だ」

「う、嘘じゃない」

少し狼狽《うろた》えてしまった。

「言い忘れたが僕は医術師だ。外側をいくら偽ろうとしても内側までは偽れない」

医術師――高度な治癒魔法を会得し、人体の構造もすべて頭に叩《たた》き込んでいるという超人的な頭脳を持った人間の総称だ。骨格から女である事を見抜かれては、もう言い逃れも無意味だろう。

「……黙っていてほしい」

「そりゃもちろん。ただし僕に忠誠を誓うならな」

「忠誠？」

思わず素っ頓狂な声が出てしまう。

「この砦は大きく分けてふたつの勢力に分かれてるんだよ。ひとつは僕の派閥、もうひとつはクソ野郎の派閥」

「いや、その、もう一方の方が端折《はしょ》られすぎててよくわからないんだが」

「そっちは知らなくていい。で、どうする。僕の派閥に入らないんなら女だってばらすぜ？　飢えた狼《おおかみ》の群れに羊を投げ込むようなもんだろうなぁ」

一応、答えを聞く態度を取っているが、端《はな》からトアに選択権など与えられていない。

トアはなんだかよくわからないまま、頷《うなず》くしかなかった。

アズリカは満足そうに口の端を上げて、壁から背を離した。

「困った事があったら言えよ。出来る範囲で助けてやる」

礼を言うのも違う気がして、無言のまま首を縦に振る。そんなトアの肩を軽く叩いて、アズリカは階段を降りて行った。

自室に戻りベッドの上に倒れ込む。慣れない長旅で疲れが溜《た》まっていた事もあるが、それよりも変な人間が多くて疲れた。

とりあえず、ここは罪人が送られてくる場所じゃなくて変人が送られてくる場所の間違いなんじゃないか、私を抜かして、とトアは真剣に思った。

二章　墓守の烙印

Redheaded Toa and the Knights of Sin

「おい、トア。ちょっと待て」

朝食を終えた後、部屋に戻ろうとしていたトアは食堂の入り口でアズリカに捕まった。

「今朝方、団長を認める書状が馬車で届いたぞ。今から施療室に来い」

てっきり伝書鳩《でんしょばと》で返事が来ると思っていたのだが、重要な知らせにはわざわざ馬車を出す仕様のようだ。しかし正式に団長に決まった事と、施療室に行く事になんの関係があるのだろうか。

それにしてもここの人間は誰でもそうだが、序列というものが頭にないらしい。歳だろうが位だろうが、上も下もないのだ。みんな砕けた口調か、上から目線で話しかけてくる。

シェルクライン騎士団の隊長を任されている時、同等の仲間でありたいと思っていた者達から総じて敬語で話しかけられていたトアは居心地の悪さを感じていたので、これはこれで気兼ねなくていい。

「なぜ施療室に行かないといけない？　どこも調子は悪くないが」

「黙ってついて来ればいいんだよ」

質問には答える気がないようで、アズリカは食堂を出て中庭を囲っている右側の回廊を進むと、行き止まりの扉を開けた。中に入ってからさらに通路をまっすぐに進むと、施療室と書かれたプレートが張り付いた扉が見えた。

部屋に入ると、ハーブのような独特のにおいが鼻をつく。施療室はそれなりの広さがあって、部屋の奥の方には清潔な白いシーツがかけられたベッドが八つほど等間隔に並んでいる。

「座れ」

アズリカは背もたれの付いた木の椅子を示して、訳もわからないままにトアが座った事を確認すると、壁にかかっていた革の紐《ひも》を手に取った。

「なんだ、それは？」

「すぐにわかるよ」

アズリカは革の紐でトアの腕や胴を椅子とがっちり固定した。そして木の切れ端を取り出すと、そこに麻の布を巻いてトアの顔に突き付ける。

「これを噛《か》んでろ」

なんだか段々と嫌な予感がしてきた。トアは内心冷や汗を流しながら、言われた通り木の切れ端を口にくわえた。

それからアズリカはトアに背を向けて何やら色々と準備を始めたが、トアの位置からはアズリカの背中に隠れて何をしているのかよくわからない。

ようやく振り向いたアズリカが手に持っていたのは、灼熱色《しゃくねつ》に染まる焼き鏝《ごて》だった。

つぅっとトアの額から汗が流れ落ちる。

「ちょっと待て！」と言いたかったが、アズリカはなんの躊躇《ちゅうちょ》もなくトアに近付いて来て、トアの首筋の左側に焼き鏝を押し当てた。

「――ッ!!」

あまりの激痛に息が詰まる。口にくわえた木の切れ端がへし折れるんじゃないかというほど歯を食いしばってトアはその激痛に耐えた。

全身から脂汗が吹き出し一瞬意識が遠のいた。

かすみがかる意識を「終わったぞ」というアズリカの声と、ぺちぺちと頬を叩く感覚が引き戻す。

アズリカはトアの口から木を抜き取り、拘束していた革の紐を緩めた。トアは強張《こわば》っていた体を弛緩《しかん》させてぐったりと椅子にもたれかかる。

「よく気絶しなかったな。これをやると根性のない奴は大抵、意識を失うんだが」

言いながらアズリカはトアの首筋に触れるか触れないかのところで手をかざした。じんわりと温かい何かに包まれているような感覚が広がる。

しばらくそうしていると、首筋の焼けただれるような痛みが和らいできた。医術師の称号を得た者だけが使う事を許された治癒魔法だ。

「……これ、一体なんなんだ」

かすれた声を絞り出すトアに、アズリカは手鏡を差し出した。

「自分で見てみなよ」

鏡を受け取って自分の首筋を映して見る。そこには墓石を模したのだろう長方形の中に十字が描かれた烙印《らくいん》が押されていた。

墓石の下部には「XVII」という数字が刻まれている。

「十七番目の墓守《はかもり》って意味だ。ああ、ここでは団長の事を墓守と呼ぶ」

言ってアズリカはシャツの第一ボタンを外して、自身の首をトアに見せた。白い首筋にはトアと同じ墓石の焼印が押されている。違いは数字のあるなしだけである。

「ここに来た奴は全員、この烙印を押される。ただし墓守だけは何代目かを表す数字が追加されるけどな」

首に押される烙印という事は、どこに行こうとも逃げ場がないという意味だ。罪人をやめたければ首を落とせ、と暗に言っている。

ここで一生やっていくという決意を固めるには、丁度いい後押しになったと言うべきだろうか。

しかしトアは、ふとある事に思い当たった。

「たしか、今のアルサリス伯も十七代目だったはずだ。アルサリス伯が初代から墓掘りをしていたとして、墓守の死亡率の高さを考えると、双方が同じ代っていうのはおかしくないか？」

「誰かに聞かなかったか？　ここには長い間、墓守がいない時期ってのがたびたびあって、その期間は二十年だったり五十年だったりまちまちだ。ようするに墓守の役割ってのはここでは薄くて、みんなに尊敬されるわけでも慕われるわけでもない。ただ単に墓掘りに率先して参加しなきゃならないってだけの損な役割なんだよ。だから誰もなりたがらない。トアみたいに騙《だま》されて墓守に仕立て上げられる奴がほとんどだし、そうでなければお山の大将を気取りたい馬鹿が間違って手を出す地位でしかないんだ」

「……僕ってそんなに間抜けか」

「大間抜けだな」

アズリカという男はフォローという言葉を知らないらしい。

「それにしても謎の多い人物だな、アルサリス伯というのは」

「現当主を見たら驚くらしいぜ。僕もまだ見た事はないんだが、なんでもすごい見た目をしているらしい」

ここへ来る途中、グランギニョールによって壊滅させられた砦《とりで》で件《くだん》のアルサリス伯こと
キルエリッヒ卿《きょう》に出会ったが、特筆すべき見た目はしていなかったように思う。フードの下に驚くような秘密が隠されていたのだろうか。

そういえば、ごたごたしていてあの時、助けてもらった礼もろくに言えていなかった事に今さら気づく。

何はともあれ、次の墓掘りの要請が来るまではこの砦を出る事は出来ない。アルサリス伯に礼を言うのは再会までお預けだ。

人が多く死ぬという墓掘り。今は自分と仲間が生き延びる事だけを考えよう。


トアが墓守となって三日目。

まだ夜半と言っていい時間帯に、トアはふと目を覚ました。

トイレに行きたいわけでも就寝が早過ぎたわけでもないのだが、時計を見てみれば夜中の三時半だった。

何度か寝返りを打って奮闘してみたが又寝する事も出来そうになかったので、トアはベッドを抜け出して部屋に備え付けのランプを手に一階におりた。

この砦は完全に四方を黒棺《くろのひつぎ》か鉄格子に囲まれていて騎士達は自由に外に出る事が出来ないようになっている。外の空気を吸いたいなら中庭に出るしかない。

三階から一階の中庭に向かうには玄関ホールを必ず通らなければならないのだが、ホールまで数歩という階段の中間でトアは足を止めた。

玄関扉の脇、壁に飾られた燭台《しょくだい》の炎が照らし出す仄暗《ほのぐら》い闇の中に人影が立っている。一瞬、幽霊かと思ってひやりとしたが、勇気を出して一歩近付いてみると、その人影はちゃんと人間の輪郭を持っている事がわかる。

「誰だ？」

ランプをかざして問いかけると、玄関の扉とにらめっこしていた人影はこちらに向き直った。黒髪の若い男だった。

この砦にいる騎士の顔は数日の間に粗方覚えたと思っていたが、目の前の男の顔を見るのは初めてだ。服は罪の騎士に支給される黒いコートに、太腿《ふともも》まで覆う黒の編み上げブーツを履いている。

何も答えない男の顔をまじまじと見詰めた。おろしたら多分、目まで隠れてしまうだろう長い前髪を額の上でちょんと結んでいる。そのせいで余計に若く見えるのだ。

年は二十代前半くらいだろうか。瞳は一瞬ゼファーと同じ火色かと思ったが、よく見れば照明の灯《あか》りを映しているだけで、世界でも珍しいとされる銀眼《ぎんがん》だった。

とても綺麗《きれい》な顔をした男だが、両眼に宿った警戒と威嚇の色は濃く、隙なくトアを睨《にら》み下ろしている。

それ以上近付くなと言わんばかりの鋭い双眸《そうぼう》に睨まれて、トアは男の数歩手前で足を止めた。

「こんな所で、こんな時間に何を？」

「さぁね」

男の態度はにべもない。

トアには興味がないようで、男は最初にそうしていたように玄関の鉄扉に向き直った。何かを待っているようだが、その答えは男の口からは聞けそうにない。

トアはホール正面の階段まで再び戻り、一番下の段に腰かけた。眠くなるまで男の観察をしようと思ったのだ。

しかし冷える。部屋は暖炉が焚《た》かれているので暖かいが、廊下や玄関は冷気を蓄えた石の冷たさがじかに体に響いてくる。

どれくらいそうしていただろう。多分時間にして二十分かそこらだったと思う。突然玄関の鉄扉が軋《きし》みを上げて開かれた。内側からは開けられないようになっているから、外側から誰かが押し開けたのだ。

ぞろぞろと砦に入って来たのは、革鎧《かわよろい》に身を包んだ四人の兵士達だった。いくつもの木箱を重ねて積んだ荷車を何台も押して次々とホールに足を踏み入れて来る。

「お前、また待ってたのか？　この寒いのにいつも熱心な事だな」

兵士の一人が呆《あき》れ顔で黒髪の男を見やり、一枚の紙きれを手渡した。黒髪の青年はそれに食いつくように目を通す。

「おい。この豚肉の量はなんだ、こんなんじゃ足りねえよ。あと魚はこの二倍は欲しいって希望出しといたはずだろ！　鶏肉《とり》も牛乳も粉も卵も香辛料も野菜も果物もこれじゃ全然足りねえ！」

「相変わらずうるさいなお前は。上から、どうせクズの集まりなんだから一日一食で充分だろって言われてるんだよ」

状況から見て支給兵だろう。革鎧を着た男の一人が言うと、他の三名も次々と不満を口にした。

「そうだそうだ。大体、本来なら死刑になってるところを生き延びて毎日メシが食えるだけでもありがたいと思え。つか一日抜いたって死にゃしねえよ」

支給兵の中で一番背の高い男が辛らつな言葉を吐く。

「こっちだってな、貴重な香辛料とか魚持ってくんのに少しは頑張ってんだよ。ただ待ってるだけのくせにごちゃごちゃ言うんじゃねえっての」

さらに別の支給兵が酒焼けした声で続けた。

「そんなに食材が欲しいんなら、墓掘りに精出してアルサリス伯からご褒美でも貰《もら》うんだな」

最後に小柄な支給兵に言葉を投げ付けられ、黒髪は苛《いら》ついたように舌打ちして「クソが」と吐き捨てた。

支給兵達は無視して荷車を食堂の方へと運んでいく。

ここに来てから毎日、気になっていた事があった。食堂で出てくる一流の食事を作っている料理人は一体誰なのだろうと。

一連の流れを見るに彼は料理に携わる人間のようだ。もしかして彼が毎日の食事を作っている人間なのだろうか。

「もしかして、あなたがここの料理長か？」

「そうだよ、文句あるか」

苛立《いらだ》ちが収まらないといったように、黒髪の青年は鉄扉を蹴り飛ばしてドアに向き直った。

「墓守なら外の連中に言ってくれ。もっと食材の供給内容を充実させろってさ。一日一食？　ふざけんな、そんなんで墓掘りに精が出せるか。すげぇ重労働なんだよ！」

後半はもう怒りに任せた独り言である。

料理長を名乗った青年は、床を乱暴に踏み付けるような足取りで食堂の方へ去って行った。

「相変わらず気の短い男ですね」

仄暗い廊下の奥から姿を現したのはゼファーだ。肌触りの良さそうな白い寝間着の上から、寒さを緩和するための黒い外套《がいとう》を羽織っている。

「起こしてしまったか？　すまない」

「私の部屋はすぐそこなので、毎週日曜日はこの時間に起こされます。別にあなたのせいではありません。今日は週に一度の生活必需品——主に食材の支給日でして、そのたびにエルイーズの怒声で目が覚めるんですよ」

「エルイーズって、さっきの料理長の事だよな」

「エルイーズ・ロディーヌ。料理の腕で彼の右に出る者はいませんが、変人という点でも右に出る者はいません。いかんせん料理にこだわりすぎるというか、料理の事しか頭にないというか、料理さえ出来れば後の事はどうでもいいという、ただの料理馬鹿ですね、ようするに」

変人でエルイーズの右に出られる者がいるとしたらゼファーかアズリカしかいないと思ったが、口に出すのはやめておいた。

「でも、そのこだわりが、あのおいしい料理を生み出しているんだな」

「なに聞こえのいい言葉を選んでるんですか。私を含め一部の人間にとっては面倒くさいだけの男ですよ。ただの飾りだと思っていた、フルーツの上に載ったミントの葉を残しただけで『食いもん無駄にすんじゃねえ!』って鉄拳制裁とかありえないでしょう」

それは確かにありえない。

「でも、食材の支給率の低さにあんなに怒るのは、みんなの体の事を考えてるからだろう？　いい人間だと思う」

「騙されてはいけません。あれはここの人間の健康の事などスズメの涙ほども思いやってませんよ。ようするに食材が少ないと自分の作りたい料理が制限されるので、それで苛ついているだけです」

「……すごく料理が好きなんだな」

「料理しか愛せない憐《あわ》れな男です」

　ただ、とゼファーは言葉を続けた。

「ここではエルイーズは〝死神に嫌われた男〟の二つ名で呼ばれていましてね、墓掘りに行けば他の騎士がすべて死んだとしても一人生き残って帰って来るような強運の持ち主です。葬園に来て九年も生存してる騎士なんて稀《まれ》ですからね、料理の腕と相まって騎士達の中にはエルイーズを英雄視する者もいるほどです。人望があるんですよね、あれでも。ただ一人、どうしてもエルイーズと相容《あい》れない男がいますけど」

　なんとなくピンときて、トアは一人の男の顔を思い浮かべた。

「アズリカ、か」

「ええ、よくわかりましたね。エルイーズとアズリカは犬猿の仲です。そのせいで砦内にふたつの派閥がありましてね、エルイーズ派とアズリカ派に二分されています。私はどちらにも付いてませんけど、派閥が違う騎士同士が醜い言い合いをしているのを見ると非常に腹が立つのでやめてほしいんですよね」

「どうしてエルイーズとアズリカは仲が悪いんだ？」

「さあ。出会いがしらに何かあったみたいですよ。まあ、私に言わせるとエルイーズの方はアズリカを大して相手にしていません。それが伝わるんでアズリカは余計に気に食わないみたいです」

アズリカは確かに言葉と態度に棘《とげ》があるが、トアはそんなに嫌いな人間じゃないなと思っていた。

変に遠慮して言葉を濁す人間よりも、アズリカのように思った事をずけずけ言ってくれた方が気持ちがいいからだ。ああいう人間はよくも悪くも嘘《うそ》がつけない人種だと思う。

「アズリカはまだここに来て二ヶ月と日が浅く、性格があれなんで人望ゼロですけど、順調に自分の派閥に属する者を増やしています。死にかけてる負傷兵に『忠誠を誓え。じゃなきゃ死ね』って言ってるみたいですよ。医術師の風上にも風下にも置けませんね。ただ医術師としての腕だけは超の付く一流ですが」

トアは自分がアズリカに忠誠を誓わされた時の事を思い出す。人望がないなら、ああいうやり方でしか仲間を増やせないだろう。

しかしアズリカがそこまで自分側の人間を必死に増やそうとしているのはなぜなのだろうか。自分の居場所を守るため？

考えてもわからないし、本人に聞いても答えてもらえなそうだなと思った。

「そういえば、あの噂はもう聞きました？」

「噂、というのは？」

「エデルの砦《とりで》に、どこかの貴族が居座っているという噂です。団長を認める書状を受け取る時に小耳に挟んだんですよ。どこの大貴族かは知りませんが、そのせいでエデルの砦で働く人間や、砦を通過する者が気疲れしているんだとか。先ほどの支給兵達の機嫌が、いつにも増して悪かったのはそのせいかもしれませんね」

確かに、数日前に通過したエデルの砦には貴族の馬車が停められていた。あの時はさして気にも留めなかったが、身分のある人間が危険しかない辺境に滞在しているとなると、やはり理由が気になるところだ。

「その噂が本当だとして、ゼファーは貴族の目的はなんだと思う？」

「どうでもいいですね。私の害となる存在でなければ勝手に世界の片隅で浅ましく呼吸でもしていなさい、くらいにしか思いませんし」

「そうか……」

質問する相手を間違えた。若干の疲れを覚えたトアに、気にした風もなくゼファーがさらに話しかけてくる。

「さて。どうしましょう」

「うん？」

「寝直しますか。それとも一緒に中庭の空気でも吸いに行きます？」

少し考えて、まだ眠れそうになかったのでトアはゼファーの誘いに乗る事にした。

中庭に出るとその寒さに思わず身震いした。よく見れば地面の隅で固くなった土色の雪の上に、空から舞い落ちた粉雪がちらほらと純白の色を添えている。

「これを」

ゼファーは自分の肩にかけていた厚手の黒い外套を外し、トアを包むように肩からかけてくれた。温《ぬく》もりが残っていて心地いい。

「ゼファーは寒くないのか？」

「慣れていますからね。ここに来てもう二年です。それに——」

そっと、隣に立つゼファーの指の背がトアの頬に触れる。

「女性はあまり体を冷やさない方がいい」

冷たい手はトアの頬にかかった髪を優しく払う。

「男だと言われればそんな風にも見えますが、女性だと知ると女性にしか見えなくなりますね」

「え？　え？」

どうしてゼファーまでトアが女である事を知っているのか。

焦りと驚きで言葉を失っていると、ゼファーは口の端を上げた。

「トアがここへ来た日、食堂で別れた後、ある忠告をしようと思い出してあなたの部屋へ向かったんですよ。そこでアズリカとの会話を聞いてしまいましてね」

初日で二人の人間に女である事がばれていたなんて。

本当に自分には嘘をつく素質がないのだな、とつくづく思った。

「あの、この事はどうか内密に……」

「当たり前でしょう。ちなみに私は忠誠を誓えなんて言いませんよ。人の弱みに付け込んで条件を突き付けるなんて美しくない。私の美学に反します」

「ありがとう」

外套の前をしっかりと閉じながら、トアはゼファーに頭を下げた。

ゼファーはこの話をするために、あえて人気のない中庭にトアを誘ったのだろう。

「あ、ところでその忠告というのは？」

「あぁ。もう遅いんですけど、派閥に入るならアズリカの方はやめた方がいいと言いに行ったんです」

「どうして？」

「少数派だからです。エルイーズの側についている人間の嫌がらせが、ね。まあ、一国の王子をぶん殴る度胸のある人なら、嫌がらせくらいではへこたれないでしょうが」

「耳が痛いからやめてくれ……」

くすりと笑ったゼファーは「戻りますか」と砦の中へ繋《つな》がるドアの方へ歩き出した。トアもそれに続こうとすると、ゼファーは足を止めて、何かを思い付いたように振り返る。

「何か困った事があったら言ってください。そんな秘密を抱えていては都合の悪い事も出てくるでしょう。大抵の事はサポート出来ると思います」

最初はぞんざいな物言いの毒のある人だなと思っていたが、親切でよく気の回るいい人のようだ。

「あぁ、でも小事で手を煩わせるのはやめてくださいね。本気で進退窮まった時だけ頼ってください。私は暇ではないので」

前言撤回。やはりこの神父の主成分は毒で出来ているのだと思った。

ゼファーと別れた後、自室に戻ったものの完全に目の覚めてしまったトアは、今この砦に滞在している罪の騎士達の名簿を見る事にした。初日に一通り目を通しているのだが、まだ顔と名前が完全に一致しない者がいる。

ゼファーとアズリカとエルイーズは人間性に癖がありすぎなので即覚える事が出来たし、

実家が仕立て屋で無精ひげを生やした騎士の名がクインシー・ニールクラウである事はわかった。

後は大して会話を交わしていない事もあって、おぼろげだ。

名簿を見ていたらいつの間にか半分眠っていたらしい。うとうとと夢と現実を行き来する浅い眠りは窓から差し込む朝日に妨げられた。

時計を見れば午前七時。朝食の時間だ。

朝方、食材の少なさに文句を言っていたエルイーズの姿を思い出す。毎週、支給兵とあんなやり取りを繰り返しながら制限のある中であれほどのものをちゃんと三食出してくれる彼の苦労はいかほどのものだろう。

部屋を出たらドアを開けたすぐのところに木箱が置いてあり、危うくつまずいて転ぶところだった。誰かが罠《わな》を仕掛けたのでもなさそうだ。よく見てみると箱にはメモが添えてあった。

メモを手に取り「あれ？　これ逆さまなのかな」と紙を回転させてみるが、どの方向から見ても解読出来ない。恐ろしく〝達筆〟な字だ。

いや、これはもはや字とは呼べないかもしれない。

なんとか前後の文字を読み取って、やっとの思いで解読すると、メモにはこう書いてあった。

『墓守の制服だ。寝る時以外はこれを着ていろ』

この難解なメモを残した人間が誰なのかはわからないが、トアは木箱を持って部屋に戻った。

着る物がないのでミリィエルケット家を出てから今までずっと同じ私服を着用していたのだが、この制服は多分、今日の支給品と一緒に箱に詰められて送られて来たのだろう。

という事はメモを書いた人物は、あの無愛想なエルイーズ？

無精ひげの男――クインシーが言っていた通り、墓守が着る制服は罪の騎士達が着る制服とはデザインが違っていた。

まず帽子がある点が違う。羽飾りや青緑の布で装飾された三角帽子は被《かぶ》るだけで少し偉くなった気分だ。

膝下まであるコートは黒地である事と胸に朱色の装飾十字が描かれている部分は他の騎士と変わりはないのだが、裾や袖口は金糸で縫い取られ、黒曜石で首筋を飾るクラヴァットは三重で膨らみが大きく、罪人に与えられる服とは思えないくらい貴族然としている。

コートの下に着るジレも黒色で、金糸の縫い取りが美しい。

寒さ対策と思われる足首まである白いレギンスまで木箱に収められていた。

ズボンは七分丈で腰から太腿《ふともも》の下あたりまでを覆うフリルのような青緑色と白の縦縞《たてじま》エプロンが付いていて、女であるトアから見てもおしゃれだ。

右側の太腿から下腿《かたい》にかけて白糸で、破魔の印《いん》だろうか、複雑な図形と見た事のない言葉が縫ってある。

靴は脛《すね》から下を覆う大きな折り返し付きの、ベルトで補強された黒い革ブーツだった。

すべて着用してみて、あまりにぴったりのサイズで驚いた。

服を着ていたトアの正確なサイズを、見ただけで計ってしまったクインシーはある意味、特殊な才能の持ち主かもしれない。


サイズは丁度良《い》いが、初めて袖を通す服というのはいつだって少し落ち着かないものだ。

どこかおかしな所がないか、廊下の窓に映り込んだ自分の姿を念入りに確認してから食堂へと向かう。


扉を開けて中に入ると、朝の食堂はすでに熱気に包まれていた。皆、各々好きな席に座り食事を楽しんでいる。

トアはカウンター越しに少し背伸びをして厨房《ちゅうぼう》の奥を覗《のぞ》き込んでみた。

エルイーズの姿は見えなかったが、エルイーズの助手だろう少年二人が忙しそうに厨房とカウンターを行き来している姿が見えた。トアと同い年かそれより少し下だと思うが、一体どんな罪を犯してここへ送られて来たのだろう。

会話をした事もない騎士がほとんどだが、同じ場所で生活を共にする以上は仲間だ。出来れば誰も失いたくないと思った。

トアは角切り野菜のスープにクロワッサン、白身魚の香草焼きにフルーツのジャム入りヨーグルトの載ったトレイを、料理人見習いの少年から受け取る。今日の食事もおいしそうだ。

どこに座ろうかと食堂を歩きながら席を探していたトアは、何かにつまずいてその場に派手に転んだ。

当然持っていたトレイは投げ出され、食事は床に散らばった。頭上から下卑た笑い声が降ってくる。

「足元には気を付けろよ、坊ちゃん」

「よそ見はいけねえなぁ」

「あーあ、朝メシ抜きだよ、かわいそうに」

騎士の一人に足を引っかけられたのだ。

これがゼファーの言っていたエルイーズ派に属する人間からの嫌がらせか。

床に散らばった朝食を、トアは無言でかき集め皿の上に戻す。

「おいおい、まさかそれ食うつもりじゃないだろうな」

「豚みてえに搔《か》っ込む気か？　見ものだねえ」

男達はげらげらと声を上げて笑う。

黙ってその場に立ち上がったトアは、足を引っかけた男の胸倉を摑《つか》み、椅子から引きずりおろして床に押し倒した。

「何しやがる！」

「お前が食うんだよ！」

馬乗りになり、抵抗する男の口に床に散らばった食事を無理やり詰め込んでやった。男は暴れたがトアに首を押さえ込まれているので起き上がる事が出来ない。

許せなかった。どんな理由があろうとも食べ物を粗末にする行為が。

トアの母は貧しい農民の出身から侍女となり、父に見初められて貴族の世界へ入って来た人だ。だからトアは幼い頃から、普段何気なく口にしている食べ物は農民達が苦労して命を削りながら作りだした大切な物である事を教えられてきた。

そして、今朝方見たエルイーズの真剣な表情を思い出す。

彼がどれだけ苦心して、限られた食材を使ってここにいる人間の食事を作ってくれているのか。その苦労を無駄にする行為を黙って見過ごせるほどトアは寛容ではない。

「馬鹿にすんのも笑い者にすんのも勝手にやればいい。だが食い物を粗末にするな。それだけはどんな理由があろうと絶対に許さない」

トアの迫力に食堂は水を打ったように静かになる。

トアは、無理やり食べ物を喉に押し込まれむせ返る男から体をどかし立ち上がった。

朝食抜き？

ふざけるな。

トアは足を引っかけた男の朝食のトレイを奪って、空いている席に向かう。後ろから
「俺の……」という声が聞こえたが完全に無視だ。

面白そうに静観していたアズリカと同じ席にトレイを置く。

「何がおかしい」

まだ虫の居所が悪いトアの問いにアズリカは、ふはっと笑いと共に息を吐き出した。

「勇ましい事で」

「そもそもアズリカと同じ派閥に入ったからこんな目に遭っているんだぞ」

「なんだよそれ。僕がみんなに嫌われてるみたいな言い方だな」

「違うのか？」

「あんた二重人格だろ。食堂に入って来た時と現在で顔付き変わってるぞ」

「僕だって人間だ。怒る事だってあるし、どうしても許容出来ない事もある。そういう時は感情を抑えないようにしてるだけだ」

「ふぅん。それで王子様を殴っちゃったと?」

「神経を逆撫《さかな》でするのが、感心するくらいうまいな」

「よく言われる」

最高に腹が立っていたが、エルイーズの食事を一口食べるごとに怒りが和らいで行くのを感じた。おいしくて幸せで、温かい気持ちになる。そんな味だ。

人をこんな風に幸福に出来る料理が作れるエルイーズはすごい。無愛想で字が恐ろしくヘタで料理の事しか頭になくても、ちゃんとみんなの幸せな時間を守っている彼の腕は賞賛に値する。簡単に出来る事ではない。

食事を食べ終わった頃には、トアの溜飲《りゅういん》は完全に下がっていた。

トレイをカウンターに返し食堂を出る時、他の騎士達は反感を込めた目でトアを見たが、あえて気付かないふりをした。

部屋に戻ると窓をこつこつとくちばしで突《つつ》いている鳩《はと》の姿が目に入った。

団長室の窓の外には伝書鳩の巣箱が置かれているのだ。何か知らせを持って来たらしい。

トアは東向きの大きなアーチ窓を開け放つ。驚いていったん空に舞ってから、また窓辺に着地した鳩の足から伝書の入った小筒を取り外した。

木の皮で作られた小さな紙を広げる。羊皮紙と違い多少インクの滲《し》みは見られるものの、書かれている内容を読み取るには問題なかった。

『アルサリス伯陪従《べいじゅう》の以下二十名につき、その死亡を伝える』

その文字の下には、今日の朝方トアが騎士名簿で覚えたばかりの名前がつらつらと無慈悲に書き連ねられていた。

顔を見た事もない、たった一言すら言葉を交わした事もない人間が死んだだけだ。それなのに、胸に去来したこの空虚感はなんだろう。

ここでは人は当たり前のように死んでいくと聞いていた。

理解しているつもりだった。

けれど心では割り切れていなかったようだ。

みんなに知らせないと。

気が重かったが、それは最初に知らせを受け取った団長の仕事である。

自分はまだいい。けれど死亡した騎士達と少なからず交流があっただろう彼らは、この訃報に力を落とすかもしれない。

部屋を出るトアの足取りは鉛が付いたように重い。

騎士達はいつも食事が終わってもそのまま食堂に残って駄弁《だべ》っている事が多いようなので、トアは今し方通って来た廊下を食堂に向けてもう一度引き返した。

食堂に入ると、駄弁っていた騎士達は一瞬だけトアに目をやって、すぐにまた談笑に戻った。

「みんなに知らせなければならない事がある。心して聞いてくれ」

トアのよく通る声に、食堂は静まり返った。

「今し方、アルサリス伯の墓掘りに従事していた騎士二十名の訃報が届いた」

最後の方は声が震えてしまった。口の中がからからに渇いている。

しかし騎士達が見せた反応はトアが予想していたものとはかけ離れていた。

「よっし、俺の勝ちだ！　ほらお前ら金払え」

「酒寄越せよ。俺も全員死ぬ方に賭けてたんだからな」

「くっそ。一人は生き残ると思ってたのによ。あの根性なし共が」

「あんな軟弱な貴族のぼんぼんが生き残れる訳ねえだろ。もし生きて帰って来たら敵前逃亡以外ありえねえよ」

食堂に響く楽しそうな笑い声。

仲間が死んだというのに、彼らはその生死に金品を賭けていたらしい。

目の前の光景が信じられず、トアの握りしめた拳はわなわなと震えた。

「仲間じゃ、なかったのか」

トアがやっと絞り出した声に、近くにいた男が「あ?」と振り返った。

「人形伯から要請がかかるたびにイカサマだらけのカードで役回り押し付け合ってる奴らが仲間かよ? 笑えるね」

「団長さんよ、ここじゃ変な情を持たない事が楽しく生きるコツだぜ。どうせまた新しい奴が次々と送られて来て次々と死んでくんだからさ。いちいち悲しんでちゃ身が持たねえよ」

彼らが言っている事は間違ってはいないのだろう。それがトアよりも長くここにいる彼らが辿《たど》り着いた〝上手《うま》い〟生き方なのだ。

でも、それじゃあ——。

「心が、死ぬ」

かすれた声で、吐息に交じって吐き出したトアの言葉は喧騒《けんそう》に紛れて誰も気付いていないようだった。

トアはゆっくりと体を反転させ、重い足を引きずるようにして食堂を出た。

砦《とりで》の中心をくり貫《ぬ》くようにして造られた中庭まで歩き、空を見上げた。灰色に覆われた曇天の空を見て思う。

もう、会えないんだよ。

死んだら、話をする事も、触れる事も、笑い合う事も、不満をぶつけ合う事も、何も出来ないんだよ。

大切な姉が命を絶とうとした時の事を思い出し、トアは震える拳を握りしめた。

トアは彼らに、何も仲間の死を悲しめと言ってるのではない。ただ命を大切に思ってほしいだけだ。

どうせ死ぬ。次々と代わりが来る。

そんな投げやりな考え方では、本当は守れていたかもしれない命も手の隙間から零《こぼ》れ落ちていくかもしれない。

どうしたら彼らに伝わるだろう。

こんな時、自分の非力さがたまらなく恨めしく思える。

「トア団長」

空に向かって息衝《いきづ》いたのと同時に名を呼ばれて振り返る。そこには騎士の一人が立っていた。少しだけカールしたふんわりとした茶髪に、若草色の瞳を持つ青年だ。視線が泳ぎ気味なのと、やや猫背なのが相まって、どこか気弱そうな印象がある。

名前は確かエリッツだったか。名簿には十八歳と書いてあったが、今の彼は歳よりも少し老けて見えた。浮かんでいる表情が疲れているような、覇気のない笑顔だったせいかもしれない。

エリッツはトアの隣に並ぶと、今にも泣き出しそうな顔で空を見上げた。

「あんただけだ。ウェインの……あいつらの死を悼んでくれたのは」

ウェイン――。死亡した騎士のリストに書かれていた名前のひとつだ。

「あんたみたいに生きる事を大切にする姿勢って、ここでは忘れていた方が苦しまずに済むんだ。でも、忘れちゃいけないもんだったのかもしれないな」

エリッツは白い息を吐き出して、太陽の隠れた空を見上げる。

「あいつとオレは同じ孤児院で育った兄弟みたいな関係だった。盗賊稼業に足を踏み入れて、ヘマしてここへぶち込まれた時も、悪運の強さは拮抗《きっこう》してるななんて二人で笑い合えるくらい、どんな場所でも、一緒に生きてたらオレ達は無敵だったんだ。でも、あいつが墓掘りに駆り出される時、オレは名乗りを上げる事が出来なかった。死ぬのが怖いって思っちまったんだ。一緒に行ってやってたら、もしかしたらあいつは死なななかったかもしれないのに」

一度失った命はどんな事をしたって取り戻せない。その大切さをわかってくれている人間がここに一人でもいる事が救いだった。

だが、エリッツが本当にウェインを守れなかったのだとしても、ウェインはその事を悲しんではいないと思うのだ。なぜなら二人の絆《きずな》が本物だったなら、ウェインはエリッツが生きていてくれる事を最期に喜んだと思うから。

「今ここに在る君の命はウェインが守ってくれたものだ。投げやりにならず、自暴自棄にならずに、その命を大切に生きてくれ。もし明日《あした》失う命だとしても決して軽んじたりするな。ここに在る全員の命は、ウェインのように何かを、誰かを守れる命なんだから」

寒さのせいなのか、それとも泣いたのか。エリッツはぐずっと鼻をすると吹っ切れたようにトアに笑顔を向けた。

「あんたはいい人だ。ウェインにも会わせたかった。あいつ口悪いから、きっとチビとか女みたいとか悪態ついただろうけど」

トアが笑いかけると、照れ隠しなのかエリッツは自分の両腕を抱えて「ここは冷えるな」と身震いをしてみせた。

「部屋に戻るよ。久しぶりに自分の剣でも磨いてみるかな」

独り言のように言って、エリッツは中庭を去って行った。

一人中庭に残されたトアは、エリッツの言葉に触発され、久しぶりに剣の稽古をしようかと思い立った。

ここへ送られる事が決まってから現在に至るまで、何かとごたごたしていたからという言い訳を用意して、騎士になると決めた日から一日たりとも欠かした事のない剣の稽古をさぼっていたのだ。腕がなまっていてはいざという時、自分自身と仲間を守る事が出来ない。

「聞いているこっちが恥ずかしくなるな」

トアが腰の剣に手をかけた時、中庭を囲うように設けられた回廊から声がして振り向く。

「でも、まあ、綺麗事《きれいごと》だとは思うけど、さっきのあんたの言葉、嫌いじゃない」

回廊の柱に背を預けて立っていたのはアズリカだった。一体いつからそこにいたのだろう。

「聞いてたのか。悪趣味だな」

「出て行きづらい雰囲気だったろ。僕だって空気くらい読める」

「読んでわざと悪くするのが得意なんじゃなかったか？」

「減らず口叩《たた》くなよ。せっかく褒めてやったのに」

アズリカでも人を褒める事があるんだな、と感心していると、彼は大股でトアに近寄ってきて拳で頭を小突いた。

「痛いな。急に何をするんだ」

「今、僕でも人を認める事があるんだなとか失礼な事考えただろうが」

「少し違うが半分は当たってる。もしかして人の心がわかるとか？」

「馬鹿はすぐ顔に出るから読みやすいってだけだ」

「……やっぱり、アズリカはアズリカのままだ」

「どういう意味だよ？」

アズリカがもう一度拳を固めたので、トアは慌てて「すまない」と謝った。

「……ここの連中は命を投げやりに使いすぎる。外の奴らもここに住んでる奴らも、みんな使い捨ての道具か何かみたいに命をなげうつ。そのくせ死にかけると僕らみたいな医術師に助けてくれって懇願するんだ。そんな事言うくらいなら、最初から大事にしてろってんだよ」

口は悪いが、命を粗末に扱う者に対しての怒りが込められた、アズリカの優しさから吐き出された言葉なんだという事がわかる。

一見言動は非道に見えるが、曲がりなりにも医術師であるアズリカにとって、やはり命は大切に扱われるべきものなのだろう。

「剣の稽古をするのか？」

「……なんでわかるんだよ。ちょっと怖いな」

「僕が話しかける前に一瞬、剣の柄《つか》に手をかけただろ。安心しろ、僕は超能力者じゃない。トアが単純馬鹿なのは知ってるが、アレの他に隠してる秘密とかあってもそれはわかんないから」

アレとは女である事を言ってるのだと思う。他には隠してる事などないので、別にアズリカが超能力者でも困る事はない。ちょっと不気味だが。

「体が冷えたら施療室に来い。足湯を用意しといてやる」

「足湯？」

「足だけ薬湯に浸《つ》ける東方伝来の薬草療法だ。体が温まる」

話を聞いただけでも気持ちよさそうだ。稽古の後はぜひ施療室に顔を出そうとトアは思った。

アズリカが中庭を去った後、トアは気を取り直して腰の片手剣を抜き精神を統一し、頭の中で生み出した相手の動きを想定し剣を振るう。

数分間体を動かしていると、体の節々に付いた錆《さび》が取れて行くような感じがして動きに切れが出てくる。やはり稽古をさぼっては駄目だなと思った。

「このクソ寒いのによくやるぜ」

がやがやと食堂の扉から出て来た騎士達。先頭のクインシーは稽古をしているトアを見て、酒瓶の中身をラッパ飲みしながら馬鹿にしたように笑った。

あの酒は、殉職した二十名の騎士達の生死に賭けて手に入れた酒だ。見ていると胸が悪くなる。

「一人じゃつまんねえだろ。俺が相手になってやるよ」

ぐいっと飲み干し、空になった酒の瓶を地面に投げ捨てながらクインシーは腰に提げていた鈍色の片手剣を抜き放った。

酒に酔っているのか、少しよろめきながらトアの真正面に歩いて来たクインシーは、外野に向けて声高らかに言う。

「俺が勝つ方に賭けた方が得だぜ！」

すっかり見物人を決め込んだ騎士達は次々とクインシーの名を口にして金品を賭け始めた。

中には高倍率のトアの勝利に賭ける者もいたが、トアにとってはどうでもいい事だった。

トアは無言で剣を腰の鞘《さや》に収める。クインシーは目を丸くして酒臭い息を吐き出した。

「おいおい、剣を抜けよ、勝負にならねえだろうが」

「遊びで振るう剣は持ち合わせていない」

言い捨てて中庭を去ろうとしたトアの首筋に、背後から冷たい刃が押し付けられた。

「逃げんのか坊主。ここにはそういう臆病者はいらねえんだよ」

トアは首に押しあてられた刃を指で押し返し、振り返ってクインシーの目をまっすぐに見詰めた。

「相手と自分の実力も正確に測れないあんたみたいな人間は、無謀でいるよりも臆病でいた方が長生き出来るぞ」

どちらも褒め言葉を使わなかったのはわざとだ。弱者と見下した者にだけ嚙《か》み付く人種に、冗談でも勇気とか勇猛なんて言葉は使いたくなかった。

クインシーの顔色が怒気に彩られる。

「馬鹿にしやがって！　剣を抜け！」

「抜かないと言った」

ついに切れたクインシーは、トアに向けて大振りな動作で剣を振りかざした。酔っているせいもあると思うが、動きに無駄が多い。

こんなよれた太刀筋、子猫だって食らわないぞ、と思いながらトアは軽く横に体を逸《そ》らして剣を躱《かわ》した。そのまま体を回転させ、勢い余って空足を踏んだクインシーの背後に回り込み、背中に蹴りをぶち込んでやる。

クインシーは顔面から地面に突っ伏し、すぐに振り返って剣を構えようとしたがトアはそれを許さない。刃の腹に思い切り蹴りを食らわせて剣を手の届く範囲外に飛ばした。

打つ手を失くし歯を食いしばるクインシーをトアは静かに見下ろす。

「実戦なら首を取ってた」

「はっ！　殺せばいいじゃねえか。どうせ俺らの代わりなんて次から次へと送られて来るんだからよ！」

やけくそになったクインシーは好きにすればいいとでも言うように、地面に両手を広げて寝転がった。そういう、死を易々《やすやす》と受け入れようとする投げやりな姿が悲しいと、トアはずっと思っていたのだ。

死は生きていればいつか必ず訪れるものだ。けれど生きている間は、生き延びる道があるのならそれを選び続けてほしい。

勝手な願いだが、仲間としてここで生活する以上、彼らにはそうあってほしいと思ってしまう。

「確かに僕達〝人間〟の代わりはいくらでもいるだろう。世界は人で溢《あふ》れてる。だが、騎士クインシー・ニールクラウ。有史以来、未来永劫《えいごう》、クインシー・ニールクラウという人間は今この時、この場にいるお前ただ一人だ。その代わりは誰にも務まりはしない」

トアは地面に転がり土にまみれた剣を拾い上げ、上半身を起こした状態で地べたに座り込んでいるクインシーに差し出した。

「この剣は自分と仲間を守る時にだけ使え。みんな誰にも代わりのきかない唯一無二の人間だ」

クインシーは警戒するような動作で剣を受け取り、俯《うつむ》いたまま何も言わなかった。

先ほどまで騒ぎ立てていた外野も、しんと静まり返っている。

トアが施療室へ向かおうとすると、見物を決め込んでいた騎士達は自然と横に分かれて道をあけた。

「つくづく恥ずかしい奴だな、お前」

施療室に入った途端、アズリカが言った。

「なんの事だ」

「さっきの、有史以来、未来永劫ってやつ」

「どこで聞いてたんだよ。アズリカって虫みたいにどこにでも湧くよな」

ふんっと鼻で笑ってアズリカは椅子に座るよう顎をしゃくってトアに促した。

足元には湯を張った銅製の洗面器が置いてある。湯の表面に何かの葉が何枚か浮いていて、かすかにハーブのようないい香りがした。

「靴を脱いで足を浸けるだけだ。温まったら適当に帰んな」

言われた通りにすると、足元からじんわりと熱が上がってきてとても気持ちがいい。

アズリカはふんぞり返りながら椅子に座ってトアの様子を見ている。

「でもさっきの言葉、あいつらに響いたと思うぜ。恥ずかしげもなく唯一無二の人間だなんて言う奴、今まであいつらの側にいなかっただろうから」

心に届いてくれていたらいいのだが、ここではトアはどちらかと言えば嫌われている方なので自信はない。

「本心から言ったのか？　あの恥ずかしい台詞《せりふ》」

「恥ずかしい恥ずかしいって何度も言われると本当に恥ずかしい気がしてくる。……本心だよ恥ずかしながら」

アズリカは肘掛《ひじか》に頬杖《ほおづえ》を突いて、トアを通り越してどこか遠くを見ているような目をした。

「いい家族に恵まれたんだろうな。あんな台詞が本心から言える人間って」

「アズリカは、違うのか？」

少しだけ沈黙が落ちた。

彼は言おうか言うまいか、迷っているみたいだ。

「僕の母は身寄りのない人で、十五歳の時ある貴族の家に拾われ侍女になった」

話す事に決めたらしい。

アズリカは頬杖を突いたまま視線を天井に投げて、遠い日を思い返すみたいに言葉を続けた。

「その家の当主には妻がいたけど、女癖の悪かった当主は一人の侍女に手を出したんだ。それが僕の母親だった。その事を知った正妻に、母は無一文の状態で放り出され街を追われた。一人、命懸けで僕を生んだ母はどんな汚れ仕事も厭《いと》わず、女手ひとつで僕を育ててくれた。無理がたたって病を患うまで本当に身を粉にして働いてくれたよ」

トアの母も侍女の身から貴族に見初められた女性だが、アズリカの母親とは正反対で、まるで光と闇のような人生だと思った。

「母が寝たきりになったのは僕が十一歳の時。その頃僕は図書館の司書の仕事を手伝いながら、膨大な書籍を読み漁《あさ》り独学で医術師の勉強に励んでた。母さんの病気をなんとか自分の手で治してやるって意気込んでたんだ。その噂を聞いた医学院の権威が、僕を特待で医学生として迎え入れてくれた」

アズリカが今の技術を手に入れるのに、一体どれほどの努力をしたのだろう。きっと血の滲《にじ》むような努力だったにちがいない。

自分が同じ立場だったとして、途中で折れずに走り続けられるだろうか。

「母さんの病は多くの医者が匙《さじ》を投げるような状態だったけど、あの時の僕は母さんが助かる未来をなんの根拠もなく信じてたな。単に母さんを失う未来が想像出来てなかっただけかもしれないが」

アズリカが見せた笑みは、自嘲だった。彼は努力に努力を重ねた自分の過去を、どういう理由からか誇りに思っていない。

「ただ母さんを治したい一心で、僕は勉学に没頭した。史上最年少の十五歳で医学院を首席卒業してみんなから羨望の眼差《まなざ》しを向けられたけど、そんなの僕にとっては無意味だったし少しも嬉《うれ》しくなんかなかった。卒業と同時期に、母さんが死んだんだ。僕がそれまでやって来た事はすべて無駄だって、誰かに嘲笑《あざわら》われてるみたいな気分だったよ」

「それ、もうぬるいだろ」とアズリカはトアの足元を指差した。いつの間にか湯は温度を失って、これ以上浸《つ》けていたら逆に体が冷えてしまいそうだ。

トアは洗面器から足を上げ、アズリカが差し出してくれた白い清潔なタオルで水気を拭いた。

「肩書きとか名誉とか、そんなのどうでもよかったけど、僕を拾ってくれた医術師の勧めで学術都市に施療院を開いた。評判は上々で毎日沢山の患者がやって来たよ。『学術都市リクシアにはすごい医術師がいる』って噂が流れたみたいで、遠くの街からも患者がやってくるようになった」

アズリカは嘆息と共に一度目を伏せて、それから窓の外に視線を投げる。

「あの日、馬車の事故で瀕死《ひんし》の重傷を負ったっていう貴族の男が運び込まれて来たんだ。従者から名前を聞いて血の気が引くのを感じた。母さんをたぶらかした、あの貴族の名だったからさ」

トアは鼓動が早まるのを感じた。

何かとても、聞いてはいけない言葉がこの先に待っているような気がして、少しだけ息が苦しくなる。

「男は一刻の猶予もない状態だったけど、僕なら助ける事が可能だった。でも――」

もういいよ、と言いたかった。

アズリカに表情はない。

だが、その心が悲鳴を上げて泣いているような気がしたからだ。

「――僕は処置を拒否した。母さんと僕が味わった苦しみがすべて目の前の男のせいだと思うと、怒りで、とてもじゃないけど助ける気になんかなれなかった。僕が必死でこの力を手に入れたのはお前を助けるためなんかじゃない、母さんを救いたかったからだ。そんな思いに支配されて、僕は……自分の父親を見殺しにした」

淡々と言葉を吐くアズリカ。けれど決して平気なんかじゃなかったはずだ。だって心になんの傷も負っていないのなら、こんなに昏《くら》い目をするはずがない。

「どんな理由があろうとも医術師が患者を見殺しにする行為は厳罰に値する。それで僕はここへ送られる事になった。笑えるだろ。結局、誰一人救う事なんて出来なかった。みんなに天才と崇《あが》められて名誉と金を手に入れたって、本当に欲しかったもんは今でもこれからも、僕の手元に収まる事は永遠にない。滑稽だよ、まるで道化だ」

アズリカの代わりにトアが泣いてしまいそうだった。

どんなにつらかった事だろう。

憎んでいたって自分の父親を見殺しにする判断を下さなければならなかったアズリカの痛みはどれほどのものだっただろう。

「誰にも言うなよ？　言ったら女だってばらすからな」

このつっけんどんな態度も、自分の心を守るためにまとった棘《とげ》なのかもしれない。そうやってアズリカは独りで生きてきたのだ。

だから強くて、弱い。

「でも、アズリカ。欲しいものも、守りたいものも、大切なものも、これからきっと見つかるよ。生きてればさ、いくらでも見つける事が出来る。永遠に手元に何も残らないなんて、アズリカがすべてを拒まない限り絶対にありはしない」

少しの間を置いて、はぁ～……とアズリカは呆《あき》れ顔でトアを見やった。

「なんであんたは、そういう臭い台詞《せりふ》がぽんぽん口を突いて出るんだよ。どんな育ち方したらこんな恥ずかしい人間が出来上がるんだ」

「……でも」と付け加えて、アズリカは苦笑と呼べる類《たぐい》だがトアに笑顔を見せた。

「少し元気が出た。トアって、なんか変な力を持ってるよな」

「なんだよ、変な力って」

「うまく言えないけど、まあ、変態的な力だ」

「なんか嫌な語呂だな」

今度こそ本当に、アズリカは心底おかしそうに声を上げて笑った。

　ここに来てからいつも仏頂面でつまらなそうな顔ばかりしていたアズリカが、こんな風に年相応の少年の笑いを取り戻してくれた事が嬉しい。

「そういえば気になっている事があったんだが」

　トアが口にした疑問の声にアズリカはわずかに首を傾げた。

「なんでここの派閥は、アズリカ派とエルイーズ派に分かれている？」

「いずれ僕派の人数と力が向こうと拮抗《きっこう》したら、あいつに戦争ふっかけるため」

「せ、戦争？」

　あまりに突飛な言葉が飛び出したので、トアは思わず声が裏返ってしまった。

　戦争って……アズリカの真剣な顔を見る限り冗談で言っているのではなさそうだ。

　二人の間の確執はよほど深いらしい。一体何があったというのだろうか。よほどの事があったに違いない。

「アズリカとエルイーズの仲がそこまで悪い理由を聞いても？」

「初めて会った時」

　アズリカは苦虫を噛《か》み潰したみたいな顔になって、吐き捨てるように言った。

「僕の事をチビって言ったんだよ、あのクソ野郎」

「へぇ……」

かなりどうでもいい答えに、それだけ言うのがやっとだった。

アズリカはパッと見でも百七十センチは楽々超えていると思う。一般的には決して低い方の部類ではないのだが、確かに百九十近くありそうなエルイーズから見たら「チビ」の範疇《はんちゅう》に収まるのだろう。

それにしても……アズリカは執念深すぎるというか余裕がなさすぎというか狭量すぎる。

「おい、今僕の悪口、頭ん中で並べただろ」

「だからなんでわかるんだよ」

「今のは当てずっぽうだったが、本当に並べてたんだなオイ」

アズリカの両手の拳がトアのこめかみにめり込み、ぐりぐりと動かされる。

「痛い痛い、悪かったたって！」

まあ、人のコンプレックスというのはどこにあるかわからないものだ。他人にとってはどうでもいい事でも、本人は本気で悩んでいたりするものである。

アズリカは同じ年頃の男子と比べて、身長がそんなに高くない事をずっと気に病んでいたのだろう。

「気にする事はないと思うけどな。僕なんて百五十九センチしかないし」

「女なんだからいいだろ、それくらいあれば」

「あ、それは偏見だ。戦いの時に、腕とか一センチ、リーチが足りないだけでどれだけ不利になるか知ってるか？　僕だって百七十くらいは欲しかったよ。騎士名簿で確認したが、アズリカは十七歳なんだろう。まだ成長期終わってないじゃないか。これから伸びる可能性だって充分ある」

アズリカはちょっとだけ目を見開いて、すぐに照れたように視線を外して頰を指でかいた。

「そ、そうか？」

あれ、なんか嬉しそうだ。

伸びるかもよって誰かに言ってほしかったんだろうか。意外とかわいい人かもしれない……なんて言ったら絞め殺されそうだが。

「ああ、伸びるよきっと。信じよう」

「なんかお前に言われると、信じてもいいような気がしてくるな……」

これで信じて伸びなかったら、死ぬまで耳元で恨み言を言われそうだ。それだけは御免こうむりたい。

トアは、ここではすっかり役目を果たしていないという聖堂に後でお祈りに行ってみようかな、と考えた。

夕食後、トアは中庭の東通路の先に作られた聖堂へ向かった。

錆《さ》びた鉄扉を押し開けると中はこぢんまりとした教会のようだった。

左右の壁に飾られた燭台《しょくだい》の蠟燭《ろうそく》が頼りなく揺らめきながら部屋にわだかまる闇を追い払っている。

一番奥の段の上には優しく微笑む聖母の像が置かれていた。ふとそこから視線を下に落とすと、こちらに背を向けて膝を折り、一心に祈りを捧《ささ》げている人物が目に入った。

後ろ姿だけでは誰なのかよくわからなかったため、トアは祈りの邪魔にならないように、足音を殺して人物の隣に並んでみた。

横顔をのぞき見るとエルイーズだった。ここには神の存在を信じている人間などいないとゼファーは言っていたが、熱心に祈りを捧げるエルイーズの姿を見るに限り、敬虔《けいけん》な信者のように思える。

一体こんなに一生懸命、何を祈っているんだろうと思ったら。

「食材の供給率、上がれ、上がれ、上がれ……鶏肉《とりにく》をもっと……小麦粉、牛乳、もっと来い……」

やはりそれか。あまりにひた向きに祈りを捧げているので、すぐ側にいるトアには気付いていないようである。

この人、本当に料理の事しか頭にないんだなあと思いながら、トアも膝を折り聖像に向かって手を組んだ。

目を閉じたところで突然、聖堂に声が響いたのでビクッとのけ反って隣に視線をやれば、顔を引きつらせたエルイーズがこちらを見ている。

「うおっ!?」

「お前、いつの間にそこに。びっくりするじゃねえか、暗殺者みてえに忍び寄ってくんなよ」

「足音は消したが気配を消したつもりはない。それより、えらく熱心に祈ってたな?」

エルイーズは照れているのか、その場に立ち上がるとバツが悪そうに視線を逸《そ》らして首の後ろに手をやった。

「人が苦労してやり繰りしてんのに、飯の量が少ねえとか文句言う奴がいるとぶん殴りたくなってな。俺の手は食いもんを作る手だ、人を殴る手じゃない。憤りを静めるためには祈禱《きとう》が一番とかゼファーに言われて来てみたが……正直、神とかそういうの全然信じてねえ人間の祈りなんて届くのかって疑問だ」

口ではそう言うが、トアに気付かないくらい真剣に祈っていたところを見ると、エルイーズにとって料理というものは本当に生きる事に直結する大切な要素なのだろう。

「次、支給品を減らされたら、一日二食にしなきゃなんねえ」

この砦《とりで》での生活を死んだ方がましだと表現する人もいるらしいが、トアがそう思わずにいられる一番の理由は、父と交わした絶対に譲れない約束に加えて、エルイーズの真心がこもった食事があるからだ。

悩み悩んで、神の存在を信じていないのにここまでやって来たエルイーズの真摯《しんし》な思いを考えると、このまま無下には出来ない。

「今度の墓掘りでアルサリス伯に会ったら、僕からも頼んでみようか。もう少し食材の供給を上げてくれないかって」

「本当か!?」

エルイーズは目をキラキラさせてトアの両肩に手を置いて激しく揺すった。トアの首ががくがくするのを見て興奮しすぎたと思ったのか、すぐに申し訳なさそうに手を離したが。

「実は俺も何度か頼んでるんだが、他の奴に言わせると頼み方が悪いとかでさ、聞き届けてもらえねえんだよ。そのくせ他の連中は墓掘りの成功報酬には絶対ぇ酒を頼むとか抜かして非協力的だしよ」

「一体どんな頼み方を？」

「人形伯に面と向かって『もっと食材寄越しやがれ無能が。絞めるぞ』っつったら『飢え死にしろ』って返された」

「それはちょっと人にものを頼む態度じゃないかな……」

「だよな。でも俺、人に頼み事すんのって昔から苦手でさ」

いくらなんでも苦手すぎるだろ、と思ったが、エルイーズが本気で悩んでいるようだったので、つっこむのはやめておいた。

「そういや、お前」

エルイーズは何かを思い出したように、トアに視線を向けた。

「今日の朝、食堂でカイルに馬乗りになってたろ」

カイル——朝食の時トアの足を引っかけて転ばせてきた騎士の名前だ。

「……見てたのか？」

頭に血がのぼった時の自分の姿は、あんまり思い出したくないものだ。

父にも昔から言われていた。トアは少し短気で血気盛んなところがあるから気を付けた方がいいと。

そもそもここに送られたのだって、元は自分のそういう欠点が招いた結果である。

頭に血がのぼった時の姿を人に記憶されているというのはなんだか心地悪い。

「そんな決まりの悪そうな顔すんなよ。小せえのにパワーのある奴だなって感心したんだからさ」

　ここに、とエルイーズは拳でトアの胸の中心を軽く突いた。さらしを巻いているとはいえ、男の手が胸に触れるというのは緊張するものである。

　トアは一瞬、表情と体を強張《こわば》らせてしまった。それを見てエルイーズは気まずそうに手を引っ込める。

「なんか……まずいこと言ったか俺？」

「あ、いや……まさかそんな風に褒められるとは思ってなかったから驚いただけだ」

「なんだ」

　エルイーズは安堵《あんど》したように笑いを零《こぼ》した。

　その顔がとても優しくて、トアを信じ切っているような無邪気さを湛《たた》えていたので、仕方ないとはいえ嘘《うそ》をついた事に少しだけ胸が痛んだ。

「さっきも言ったが、俺の手は人を傷付けるための手じゃねえ。だからお前が代わりに制裁を加えてくれて助かった。じゃなきゃ俺が不本意ながら出刃包丁振り回してるとこだったぜ」

　まともそうに見えるが、このエルイーズという人物もかなりの要注意人物かもしれない。

あの時、自分の頭に血がのぼってよかったと思った。

「ところで、お前はここへ何しに来たんだよ？」

「え、ああ。アズリカに呪われないように祈りに来たんだ」

「は？　呪いならチビじゃなくてゼファーの方だろ」

「私が、なんですって？」

後ろから突然かけられた声に驚いて入り口の方を振り返った。いつの間にそこにいたのか、超然とした態度のゼファーが立っていた。

「なにか、私に呪われたいと話しているように聞こえたんですが」

「耳、大丈夫か……」

「どこのマゾだよ、好き好んで呪われたいわけねえだろ」

「そうですか、残念です。しかし珍しい取り合わせですね、二人が一緒にいるなんて。しかも聖堂ですよ？　ここ」

そういうゼファーが、ここにいる人間の中で一番聖堂に不釣り合いなのだが。

ゼファーを一言で言い表すなら悪魔神官とかそういう呼称だ。

「ちょっと祈っておきたい事があったんだ。ゼファーこそ何をしにここへ？　神は信じてないって前に言ってたよな」

「ああ、現在作製中の呪具を完成させるのに聖像の欠片《かけら》が必要だったもので」

トアは自分の顔が引きつるのを感じた。隣のエルイーズは呆《あき》れ顔でゼファーに言葉を向ける。

「お前な、神とか信じてなくてもさすがに普通はそういう事やらねえぞ」

「私は普通ではなく天才です」

もうこの男を止められる人間はここにはいないかもしれない、と思った。

斫《はつ》りノミと、斫りハンマーを手に掲げ、ゼファーは迷いない足取りで聖母の像に近付いていく。

「罰が当たると思う」

トアの言葉に振り向いたゼファーは不敵な笑みを浮かべた。

「そうしたら私も少しは神を信じてもいいですね。ちなみにもうに二十回ほど聖像を削ってますけど罰が当たった事はないです」

「え、初犯じゃなかった」

ゼファーは聖像に押し当てたノミを慎重そうにハンマーで打撃して、少しずつ白い欠片を削り取っていく。かなり慣れた手付きだ。

「つかよく見たらこの聖像、ケツのところ抉《えぐ》れてんぞ」

「なんでピンポイントでお尻ばっかり削ったんだよ……」

トアの口から力なく言葉が漏れる。

「後ろ側ならほとんど誰も見ませんし、聖母も威厳が保てると思いまして」

「ケツ抉られて威厳も何もねぇよな」

女性の像にあんまりな仕打ちだ。

トアは優しく微笑んでいる聖母像を見て、なんだか悲しい気持ちになった。

「では私は用事が済んだのでこれで」

聖像の欠片を手に入れたゼファーは、それを布に包んで揚々と部屋を出て行った。

隣に立つエルイーズが呟《つぶや》くように言った。

「なんか疲れたな……」

「ああ、とてもね……」

二人で脱力しながら聖堂を出て「それじゃあ、おやすみ」と声をかけてからエルイーズに背を向ける。

「あ、ちょっと待て」

「うん？」

「明日《あした》の朝食、なんかリクエストがあれば言えよ。特別に作ってやる」

これはきっと、カイルに対して食べ物の大切さを説いた事に対する礼のつもりだろう。

トアは少し考えて、家を出てから一度も口にしていない自分の好物を思い浮かべた。

「リンゴの蜂蜜煮って作れるかな？　大好物なんだ」

エルイーズは破顔してトアの頭をぽんぽんと叩《たた》いた。

「わかった。楽しみにしとけ」

少し子供扱いされている気がする。

まあ、二十二歳のエルイーズから見れば十六歳のトアなどお子様に見えるのだろうが、それだけではなく身長差でも下に見られている気がするのは思い過ごしだろうか。

エルイーズの悪気のない顔を見ていて思った。

きっとアズリカの事を「チビ」と言ったのも、悪意なんかひと欠片もなくて、どちらかといえば愛称のつもりで口にしたのかもしれない。それを異常に心の狭いアズリカがひねくれて受け取ったのだろう。

それにしても明日の朝はリンゴの蜂蜜煮が食べられる。リンゴの蜂蜜煮は母がよく作ってくれたものだ。

一流のシェフが高価な砂糖やシナモンを使って作ってくれるものより、母が作ってくれる素朴な味わいの蜂蜜煮が大好きだった。

まさか罪人として送られた場所で、大好物が食べられるなんて夢にも思っていなかったトアは、わくわくしてしまって、その夜はなかなか眠る事が出来なかった。


次の日の朝食には約束通り、デザート皿にリンゴの蜂蜜煮が載っていた。匂いを嗅ぐと母の作った蜂蜜煮と同じ香りがして、懐かしさにぐっと込み上げてくるものを感じた。

すっかり指定席と化した食堂の片隅の机にトレイを置く。最初は「なんでいつもここに来るわけ？」と文句を言っていたアズリカも、今ではトアと相席する事を黙認している。

アズリカは怒らせたら怖い、という噂が騎士達の間で蔓延《まんえん》しているらしく、触らぬ神にたたりなしとばかりにアズリカの着く席には他の人間が寄って来ないのでいつでも広い長机を一人で使っているのだ。

たまにゼファーが相席する事もあるが彼は大抵は自分の部屋で一人で食事をとる事が多い。理由は「汚い男達を見ていると食欲が減退するんで」だそうだ。

初日にトアと同席してくれたのは、何も知らないトアに気を遣ってくれていたのだと今さらながらに知った。

「ここ、いいか？」

鶏肉《とりにく》の酒蒸しを口に入れようとしていたトアは、声の主を見て固まってしまった。

そこにはわずかに緊張した面持ちのクインシーが立っていた。

驚いたのはそれだけではない。いつも生やしていた無精ひげが綺麗《きれい》に剃《そ》ってある。名簿によると年齢は二十二歳だったと思うが、今まで少し中年っぽいイメージのあったクインシーは年相応の美丈夫で、清潔感の漂う精悍《せいかん》な顔付きがくっきりと露《あら》わになっていた。

「ああ、構わないが」

「おい、なに勝手に許可出してんだよ」

思わずそう答えてしまったトアに、アズリカの不機嫌な声が被《かぶ》る。

「大勢で食べた方が飯がうまくなるって聞いた事ないか？　ほら、早く座るといい」

クインシーは、ほっとしたように表情を和らげてトアの隣に腰掛けた。

今度こそ本当に鶏肉の酒蒸しを口にしようとしたトアの皿に、クインシーが無言で自分の皿から切り分けた鶏肉やブロッコリーやトマトやリンゴの蜂蜜煮などを次々と移して来た。

「……クインシー、なにをやってるんだ？」

「いいから食えよ。ちゃんと食わねえといつまでもチビのままだぞ」

わずかにふて腐れたような顔で、クインシーは半分に減ってしまった自分の朝食に手を付けた。

「あ、ありがとう？」

まさかクインシーが気を遣ってくれるとは思ってもいなかったので、トアは呆気《あっけ》に取られて、しばしぼーっとクインシーの食事風景を眺めてしまった。

「おい、あんまり見るなよ。食いづらいだろうが」

二人のやり取りを見ていたアズリカは、にやりと口の端を上げてトアに視線を送って来る。

「よかったじゃないか。きのうの世にも恥ずかしい台詞《せりふ》が功を奏したみたいで」

「アズリカ、うるさい」

アズリカをひと睨《にら》みするが、トアは自分の顔が緩んでしまうのを抑えられなかった。

自分の本気が相手に通じたのだと思うと、嬉《うれ》しくて笑わずにはいられない。

「締まりのない顔。なんかあれに似てるな、スケベなこと考えてるおっさん」

男のふりをしていたって、これでもれっきとした貴族の娘だというのに、ひどい言い草だ。

トアはアズリカを睨み半分で見やった。

「早く食べて部屋に戻ったらどうだ、アズリカ」

アズリカは先ほどからリンゴの蜂蜜煮をフォークでいじり回しながら、五ミリくらいずつ口に運ぶという動作を繰り返している。

「どのペースで食おうが僕の勝手だろ。人の指定席にずかずか入り込んで来て食い方まで指図されたんじゃかなわない」

いつもはさっさと食事を片付けて、食堂に長居しないアズリカにしては珍しい。もしかしてリンゴの蜂蜜煮が苦手なのだろうか。けれど残せばエルイーズの鉄拳が飛んで来るので我慢して食べているのかもしれない。

時間をかけてやっとリンゴを食べ終わったアズリカは、無言で席を立つと食堂を出て行った。

もし苦手だったのならアズリカには申し訳ないが、トアは最後まで楽しみにとっておいたリンゴの蜂蜜煮を一口食べて笑顔になった。

「おいし〜い！」

母が作ってくれた物とよく似た、控えめな甘さのリンゴが舌の上でとろける。足をぱたぱたさせて喜んでいたら、食事を終えたクインシーがたしなめるような視線を送って来た。

「女みたいな喜び方するなよ。一応、墓守なんだから守らなきゃなんねえ威厳ってもんがあるだろ」

「だって、本当においしいんだもん」

「だから女みたいだって、喋《しゃべ》り方まで」

クインシーは呆れと笑いが半々になったような顔でトレイを手に立ち上がった。

「酒は今日かぎり断つ事にした。次の墓掘りには俺もついてくぜ」

「――え？」

もう一度聞き返す前に、クインシーはトレイをカウンターに置いてさっさと食堂を出て行ってしまった。

クインシーのはっきりと言い切った声が耳に残っている。

それは決して死に急ぐ投げやりな言葉ではなく、生き抜いて大切なものを守ってやる、といった力強い思いが込められているように感じた。

ここで共に生きる仲間達の何かが少しずついい方へ変わっている。

幸せを噛《か》み締めながら蜂蜜煮の最後の一口を頬張って、トアはにやけて緩んだ頬を両手で叩いて気合いを入れ直した。

昼食を終え自室でくつろいでいる時、砦《とりで》にアルサリス伯の使いの人間がやって来たという知らせを受けた。

黒を基調とした金縁の鎧に身を包んだ数人の騎士は、最低限の礼儀として鉄仮面を脱ぎ、小脇に抱えながらトアの部屋にずかずかと入り込んで来た。

黒騎士の先頭に立っていた中年の男は、居丈高な態度で「要請である」と書状をぞんざいな所作で机の上に置く。

見下すような複数の目に見つめられ、居心地の悪さを感じながら青い封蠟《ふうろう》を剝《は》がし、中の二つ折りにされた羊皮紙に目を通した。

『墓掘りに従事する聖ドロティア葬園騎士団員を九名派遣されたし。なお、炊事兵、医術師、神官はこれに含まないものとする』

それだけが書かれた簡素な手紙だった。

「早急に出立の支度を整えてもらおう。こちらも忙しい身でね」

「今すぐにですか？　皆、色々と準備があると思いますが」

「すぐに、と言ったはずだが。そちらの都合など関係ない。そもそも君達の存在意義は墓掘りをする以外にないのだからな」

いちいち癪《しゃく》に障る物言いをする騎士である。

トアは反感を込めて睨み上げたが、確かに罪の騎士は墓掘りの助力としてのみここで生きる事を許された者達だ。逆らってもいい事はひとつもない。

トアは椅子から腰を上げた。

「わかりました。すぐに皆に知らせます」

ここではカードゲームで負けた者が墓掘りに駆り出されると前に聞いた事がある。今回もそんなイカサマの横行するゲームで仕事を擦《なす》り付けあうのだろうか。

トアは全員を砦の中で一番広い部屋である食堂に集め、アルサリス伯より要請がかかった事と必要とされる人数を伝えた。

「僕の他に八名と、あとは炊事の出来る者、医術の心得のある者、聖句を読み上げる事が出来る者を決めてほしい」

真っ先に名乗りを上げたのはクインシーだった。

まさか彼が墓掘りに自ら手を上げるとは思っていなかったらしい他の男達は驚きで目を丸くしている。

「俺も行くぜ」

後列に並んでいたエルイーズは一歩前に踏み出し、右手をズボンのポケットに突っ込んだまま、だるそうな動作で左手を上げた。

「私も行きます。きのう完成したばかりの呪具を実戦で使ってみたいもので」

「僕も。暇潰しくらいにはなりそうだ。うまくすれば派閥の人間を増やせるかもしれないし」

物騒な台詞を吐いてゼファーとアズリカが手を上げる。

砦内でそれなりに力のある人物ばかりが次々と名乗り出るので、他の男達は顔を見合わせたりしながら戸惑っている。

「オ、オレも行ってもいい。死神に嫌われた男がいるんなら、生きて帰って来れるかもしれないし。それに、トアは信用出来る」

「それならオレも行くぜ。生還したら人形伯にたっぷり酒をふるまってもらうんだ」

先日、旧友の死を悼んでいたエリッツと、食堂でトアを転ばせてきた騎士カイルだった。

てっきり今回もイカサマ上等のカードゲームでメンバーを選出するものだと思っていたらしい前列に並ぶ騎士の手から、ひらりと使い古されたトランプが床に落ちた。

「おれも行こうかな。エルイーズが死んだりしたら、もうあのうまい飯食えなくなるんだろ。そんなの嫌だからさ」

「これだけのメンツで死ぬってありえないだろ。俺も行くわ」

そんな調子で一人また一人と手を上げて行き、あっという間に定員に達してしまった。

「選任にカードが必要ないって、今までに一度もなかったよな」

エルイーズに言われ、ゼファーは顎に手を当てて思案顔だ。

「異例の事態です。よくない事が起こる前兆ですかね」

トアは半眼でゼファーを見やり、溜息《ためいき》交じりに言葉を吐き出す。

「だからゼファー、神父なんだからもっと希望に満ちた事を言ってくれ」

「死んだら天国に行けるように祈ってあげましょう、多分、忘れなければ。これでいいです？」

この男は駄目だ。悪魔に魂を売り渡しているに違いない。

しかし。

トアは集まったメンバーの顔を順番に確認する。

どの顔にも死地に赴くような絶望の色は浮かんでいない。むしろ、やる気に満ちた清々《すがすが》しい顔をしている。

この中の誰も死なせたくないと思った。

絶対に生きて全員でここへ帰って来ようと、トアは固く心に誓った。

三章　十七代目の人形伯

Redheaded Toa and the Knights of Sin

砦の外には三頭立ての幌《ほろ》馬車が二台、待機していた。

逃走防止用という事で両手に鉄枷《てつかせ》をはめられたトア達はそれぞれの馬車に六人ずつに分かれて乗せられる。ゼファーとエルイーズとアズリカはトアと同じ馬車だった。

罪の騎士の他にアルサリス伯直属の騎士である黒鎧《よろい》の男達が、それぞれの馬車に見張りとして三人ずつ乗り込んだ。

馬車は黒棺《くろのひつぎ》の外周に沿って北へ向かい走り出す。幌の布を押し上げて外を見ると、黒棺の隙間から見える葬園の禍々《まがまが》しい空気が伝わってくるようでトアは身震いした。

「おい、幌を上げるな。寒いだろう」

黒騎士の一人に注意され、トアは首をすくめて自分の席に座り直した。

トアはこちらを隙なく窺《うかが》っている黒騎士達に、ちらりと視線を走らせる。

ぱっと見、彼らはとても強そうだ。何も知らなければ、なぜ彼らではなく、わざわざ罪の騎士が墓掘りに参加しなくてはならないのか、と疑問が浮かんでくるが、それに関しては団長室に置いてあった手引き書にしっかりと理由が書いてあった。

聖ドロティア葬園には、アルサリス伯は例外として、他には罪を犯した人間――つまり罪の騎士以外は立ち入れない決まりになっているらしい。

数千年前には聖者を埋葬するための聖地などと呼ばれていたようだが、そのうちに聖なる力で邪《よこしま》なる者を封じる意味を込めて大罪を犯した者や呪術師などが埋葬されるようになった。

三百年前には悪魔との戦の前線地であったし、長い歴史の中でしだいに魔力に侵食されていって意味や形が変わり、今では不浄なる人形達のうろつく禁断の地だ。

聖櫃教会《アークチャーチ》は葬園を禁処《きんじょ》指定し、葬園に立ち入った者は、聖なる加護に守られたアルサリス伯――キルエリッヒ家の当主以外、すべからく呪いを受けると宣《のたま》い、汚れのない人間の立ち入りを一切禁止したという話である。

初代よりキルエリッヒ家は教会と親交が深いため、その決まりも忠実に守っている。キルエリッヒ家の初代当主が列聖された人物というのも教会との深い関係に一役買っているだろう。

そういった理由から別名、神兵とも呼ばれるキルエリッヒ家直属の黒騎士達は大層な腕を持っていたとしても墓掘りには同行出来ないのだ。

幌の布を持ち上げると黒騎士に怒られるので、今一体自分達がどの辺を移動しているのかわからない。

葬園の面積は小国がすっぽり数個は入ってしまう広さだというから、それを迂回《うかい》して行くとなるとキルエリッヒ城へ着くにはまだ当分かかるだろう。

トアが予想した通り目的地へ到着した頃にはすっかり日が暮れ、空に三日月が浮かんでいた。

座りながら舟をこいでいたトアは黒騎士に「着いたぞ」と頭を剣の柄《つか》で小突かれて起こされたため少し不機嫌だ。

「もっと別の起こし方があると思わないか？」

「鼻つまむとか？」

「往復ビンタとか？」

「濡《ぬ》れた布を一枚ずつ顔に被《かぶ》せるとかですか？」

「最後のやつは死ぬからな……」

エルイーズとアズリカとゼファーに同意を求めたのが間違いだった。この三人は罪の騎士の中でも群を抜いた変人である事を忘れていた。まともな意見など返って来るはずがないのだ。

両手を拘束する鉄枷から繫《つな》がった鎖を引かれて、思わず感嘆の声が出るほど荘厳で巨大なキルエリッヒ城の敷地内へトア達は足を踏み入れた。

辺境の領主の城とは思えないほど、大きさにしても、芸術的な美しさにしても見事だ。

石造りの正門の両脇には勝利の女神が掘り込まれ、ここを通る者を祝福しているかのようだった。

城門から城までの地面はすべて石敷きで、そのひとつひとつに、摩耗して薄くなってはいるが、神話の中の英雄や偉人の格言、銀貨などでよく見る歴代の教皇の横顔などが彫られている。これを作るのは大変な作業だっただろう。

そのせいか、と思った。城門から城まで結構な距離があるのに馬車を降ろされたのは、この彫りものがある石畳を守るためだったのだ。

城の中へ入ると、まず目に入ったのは正面の階段から続く踊り場に飾られた巨大な肖像画だ。プラチナブロンドと薄葡萄《ぶどう》色の瞳を持つ美しい青年の姿が描かれている。

トアの視線に気付いたのか、黒騎士が「初代キルエリッヒ家当主、ヴェルクス様の肖像だ」と口にする。言いながら黒騎士は慣れた手付きでトア達の鉄枷を外した。

「晩餐《ばんさん》の準備が整っている、ついて来い。ロキ様もお待ちだ」

相変わらず愛想の「あ」の字も感じさせないぶっきらぼうな物言いの騎士に続いて、トア達は赤い絨毯《じゅうたん》の敷かれた広い廊下を列になって歩いた。

――ロキ。グランギニョールによって壊滅した砦《とりで》でトア達を助けてくれた人物だ。ようやくあの時の礼が言える。

「これが楽しみなんだよな」

トアの後ろを歩いていたカイルが小声で言う。

「豪勢な飯と高い酒が飲み放題なんだぜ」

「でも、エルイーズの料理には負けるだろ？」

トアの言葉にカイルは肩をすくめてみせた。

「まあ、でも、素材が違うからなここの飯はさ」

はっきり言ってエルイーズの作った料理が最強だと思っているし、酒はあまり好きではないので、その話を聞いてもトアは別段楽しみでもなんでもなかった。

ただ、当主のロキには興味があった。助けてもらったという理由もあるが、十七代にも亘《わた》って墓掘りばかりして来た一族の男に興味を持つなという方が無理な話だ。

通された大広間の中央には、白いリンネルのテーブルクロスがかけられた長い架台式テーブルが置かれていた。

食卓の左右に等間隔に並べられているのは、座り心地のよさそうなクッションが敷かれた大きな背もたれの椅子だ。

大広間の一番奥、天蓋を背負った席には当主だろう、薄葡萄色の瞳をした男が座っていた。フードの下は一体どんな姿をしているのかと思っていたが、実際に目にしてやはり驚いた。

彼の、寝癖だろうかクセ毛だろうか、とにかく方々に跳ねた頭髪が三色だったのだ。黒と灰と白が、まるで三毛猫の毛並のように交じり合っている。

背後に立っていたアズリカが小声で「大した事ねえじゃん」と呟《つぶや》くのが聞こえた。

これは大した事に分類されると思う。髪が三色に分かれている人間なんて、聞いた事も見た事もない。

トアは団長という立場もあり、ロキにもっとも近い席を勧められた。

席に着いてからもトアはロキの髪から目を離せず、あまりにじろじろ見ていたので、執事だろう初老の男性に「あまり凝視なさいませんよう」と耳元で注意された。

「皆よく集まってくれた。今宵《こよい》より三日はこの城でゆっくり休み、充分に英気を養ってほしい」

よく通る聞き心地のいい声だったが、初めて出会った時と同じで、ロキの言葉には感情というものが一切込められておらず抑揚も乏しいため、まるで人形か何かが喋《しゃべ》っているようだった。

歳はおそらくエルイーズより少し下くらいだろう。色白でとても美しい端整な顔をしていたが、目の下には薄《うっす》らと隈《くま》が出来て、表情の無さと相まってどことなく幽鬼を連想させる。

薄葡萄色の瞳はガラス玉をはめ込んだかのように美麗だが、覇気がないせいか若干濁って見えなくもない。

一瞬だけ目が合って思わず視線を逸《そ》らしたが、ロキはこちらの事を覚えていないようだった。皆が楽しみにしている食事の席で、あの砦での凄惨な出来事を掘り返すのも気が引けて、ロキへの礼は機会を改めて告げようと考えた。

皆それぞれ名前を名乗るだけの簡単な自己紹介をして、ようやく食事が始まった。

食事は黙々と会話もなしに行われた。当主のロキが最初の挨拶以外一切言葉を発しないので、なんとなく喋ってはいけない雰囲気に思えたのだ

ちらりと横目を走らせてロキの姿を確認すると、左手の薬指に幅広の銀の指輪がはめられているのが見えた。黒い石が装飾されているが、一片が欠けてしまっている。指輪の位

置を考えると既婚者と見るのが普通だが、食事の席には彼の家族らしい者の姿は見当たらない。

カイルは次々と注ぎ足《つ》されるワインをおいしそうに飲んでいたが、クインシーは勧められた酒を断り、代わりに水で喉を潤していた。酒を断つと言った決意は固いようだ。

アズリカは気に入ったらしいほうれん草のキッシュばかりをおかわりして食べ続けている。どうやら好きなものに執着するタイプらしい。

ゼファーは貴族も顔負けの見事なナイフとフォークさばきで優雅に食事を楽しんでいるようだ。

エルイーズに至っては、食事そっちのけで「この料理に使われている香辛料をわけてくれねぇかな」と給仕や執事に頼み込んでいた。

トアは平和な光景に笑みを零《こぼ》し、少しだけ無理をして料理を口に運んだ。

ミリィエルケットの家を離れてから質素な食事にすっかり胃が馴染《なじ》んでしまったトアにとって、香辛料がたっぷり使われた鶏《とり》のハーブ詰めや濃厚な出汁《だし》のコンソメスープなど、しっかりした味付けの料理は食欲を減退させるのだ。

やはり量、味ともにエルイーズの料理が一番自分にあっている。

粛々とした食事も終わりを迎えると、最後にロキは思い出したように口を開いた。

「この城の中はどこでも自由に立ち入ってもらって構わない。ただし城門より外に出る事だけは禁止する」

それだけ言って、ロキはにこりともせずに大広間を出て行ってしまった。なんとも無愛想な男である。

キルエリッヒ家の当主が人形伯と呼ばれている意味がよくわかった。

喋り方、見た目、どこを取っても本当に人形のようなのだ。魂とか、生きている人間特有の熱というものがまったく感じられない。

皆が完全に食事を終える頃合いを見計らっていたのか、席を立った瞬間に老執事に声をかけられた。

「皆様をお部屋へ案内するよう主《あるじ》より仰せつかっております。この城は広さ故に迷いやすいのでお気を付けください」

老執事に続いて食堂を出た面々は、廊下を左手側に進んで階段を上った。トア達に割り振られる客室は二階に集中しているらしい。

案内してくれた老執事の説明によれば、危険な葬園に向かうのに、普段環境の悪い場所で粗食な生活を強いられている罪の騎士達の気力、体力回復の意味を込めて、城に来てから三日の間はここで伸び伸びと過ごせるようにと当主が気を配っているのだという。

それに対してゼファーが声を小さくする事もなく失礼な台詞《せりふ》を吐いた。

「死ぬ前にいい思いをさせてやろうっていう気遣いですかね。有り難くもなんともないんですが」

老執事は顔色を変える事なく、自分に与えられた仕事をこなすのみと言わんばかりに、トア達を順番に部屋に案内した。

老執事は、歳を感じさせないしっかりとした足取りで廊下を進んで行く。

トアに割り当てられた部屋は城の二階にある南向きの客間だった。

天蓋付きのベッドに豪奢《ごうしゃ》な装飾の家具が置かれ、そのひとつひとつが大変高価なもののようだ。同じ伯爵家であるが、これはトアの実家も負けたなと思った。

その日は長時間馬車に揺られた疲れもあって、部屋に備え付けの浴室で沐浴《もくよく》をした後、さらさらの手触りが気持ちいいシルクの寝具で整えられたベッドに倒れ込んだ。

夜が明けて朝食を終えたトアは、これからどうしたものかと考えた。

自由に、というのが実は一番困るのだ。明確な目的がない状態では、死ぬほど暇を持て余す事になる。とりあえずトアは散歩がてら城の中を探索してみる事にした。

一階の廊下を歩いているとどこからともなく、甘い、いい香りがしてきたので、誘われるように向かうと厨房《ちゅうぼう》に辿《たど》り着いた。

厨房の奥では、巨大なオーブンの前にエルイーズがしゃがみ込んで中の様子を真剣に窺《うかが》っている。

「何をしてるんだ？」

隣に並んで問いかけると、エルイーズはオーブンを覗き込んだまま言った。

「甘いもん好きか？」

「ああ、大好きだが」

それだけ聞いて、エルイーズは厚手のミトンをはめた手で天板を取り出した。

調理台の上に置かれた天板の上には薄緑やピンク色をした一口サイズのかわいらしい何かが載っていた。全部円形をしているので黒い天板を彩る水玉模様みたいで見ているだけで楽しい気分になる。

「これは？」

「マカロン。卵白を使って作る焼き菓子だよ」

しばらくの間マカロンを網の上に並べて粗熱を取る。その後ヘラで白に近い薄い黄色のクリームをマカロンの裏側に塗って、サンドするようにもうひとつマカロンを合わせた。

「食ってみな」

ひとつ差し出されて、見慣れない菓子に戸惑いながらトアはひと口かじってみた。サクッとしているのにジュワッと溶けるような不思議な食感に続いて、上品な甘さが舌の上に広がる。間にサンドされたバタークリームはかすかに蜂蜜の風味がして、コクのある旨《うま》みがマカロンの繊細な砂糖菓子のような甘さを引き立てている。

「なんだこれ……すごくおいしい」

トアの反応を見て満足したらしいエルイーズはニッと笑い、慣れた手つきで次々とマカロンを皿の上に並べて行く。

「材料とか設備の関係でここに来た時しか作れないものがあんだよな。これが楽しみで状況が許せば墓掘りに参加してる」

エルイーズの言う状況が許せば、というのは恐らく砦の食事事情の事なのだろう。やり繰りのうまいエルイーズならば文句を言いながらもなんとか今の状態で三食を用意出来るが、エルイーズの下に付いている見習いらしい二人の少年だけでは、うまく配分する事が出来ないはずだ。

今回食材の少なさに文句を言っていたエルイーズだが、その後に二十名の騎士の訃報が届いた。こんな風に思うのは不謹慎だが、それによって食材に余裕が出たために、エルイーズは今回の墓掘りに参加出来たという訳だ。

「ここの厨房を取り仕切ってる料理長には、いい顔されねぇけどな」

エルイーズの視線の先を辿れば、厨房の隅で壁に背を預け腕組みをしている中年の男が、睨《にら》むような視線でこちらを見ている。やはりプライドのある料理人にとって、自分の縄張りで他者が好き勝手に動き回るというのは面白くないのかもしれない。

「持ってくか？　包むけど」

「ぜひ！」

エルイーズは布きれに数個のマカロンを包んでトアに手渡した。トアはそれを大切に両手で受け取る。

「おっし。次はかぼちゃのプディングを作るぜ」

張り切って腕まくりをしたエルイーズにとって、厨房の隅で不機嫌絶頂といった顔をしている料理長は居ないのと同義らしい。ただ料理をしている時のエルイーズは本当に楽しそうで幸せが全身から滲《にじ》み出ているので、見ているこっちまで満たされた気分になる。

これだけ料理の事しか頭にないエルイーズが犯した罪とは一体なんなのだろうとトアは少し気になった。たとえば悪事の算段を練ったりなど、料理以外の事にエルイーズが頭を使うとは思えなかったからだ。

トアが厨房から出る時、いつからそこに居たのかアズリカとぶつかりそうになった。何をしているのかと問う前にアズリカは怒ったようにトアから顔を逸らす。

「別に、ただ通りかかっただけだ。覗き見とかしてないからな」

一人でぷんぷん怒りながらアズリカは早足で去って行った。アズリカが怒っている理由がわからずトアは首を傾げる。

マカロンに舌鼓を打ちながら城内を散歩していると、楽しそうな女性達の笑い声がサロンから響いてきた。何か面白い事でもあるのだろうかと覗いてみると、数人の侍女に囲まれたゼファーが脚を組んで椅子に座っていた。

「これはイヴラーニ産の茶葉を使っていますね。こっちはウィクセル地方の春摘みの茶葉でしょう」

「ゼファー様、すごいわぁ。なんでもおわかりになるのね」

「ゼファー様は繊細でいらっしゃるもの。聞き茶なんてお手の物ですわよね」

どうやら円卓の上に並べられたお茶の産地を当てているらしい。

それにしてもゼファーを取り囲む侍女達は皆、頬を紅色に染めて、その視線はお茶ではなく一心にゼファーに注がれている。彼女達はきっとゼファーの本性を知らないのだ。

「トア。そんなところで盗み聞きですか」

いきなり声をかけられて、トアは少し気まずい空気を引きずりながら「たまたま通りかかっただけだよ」と言い訳を口にしてゼファーに近付いた。

「まぁ、この方が新しい団長さん？」

「可愛らしい方ですこと。けれど剣の腕は一流でいらっしゃるんでしょう？」

「しっかり宣伝しておきました」

ゼファーは無表情でピースサインを作った。片手で優雅に茶を嗜《たしな》む姿が憎たらしい。

「この茶葉、少し分けてもらって構いません？」

ゼファーの声に、トアに群がりそうになっていた侍女達は笑顔で振り返った。

「ええ、もちろんですわ」

「ゼファー様の希望だと言えば、侍女長も快く承諾してくれると思います」

「ありがとう。では出立の日にいただきに来ます」

席を立ったゼファーに「行きますよ」と促されてトアはサロンを後にした。背中に侍女達の熱視線を受けながら。

「お茶が好きなのか？」

「人を呪うより好きです」

それはよほど大好きなんだろう。というか神父の台詞ではない。

「茶葉は高級で、砦《とりで》には支給品として送られてこないんですよね。ここに来た時しか飲めないので、内心うるさいですねこいつら、と思いながら笑顔を振りまいています」

「侍女さん達かわいそうだな……」

「彼女達はあれで幸せなのだからいいのでは？　私も茶葉を手に出来て誰も不幸になる人間などいないのだから同情するのはお門違いですよ」

「ああ……はいはい、正論だよ」

「ところで、おいしそうなものを持っていますね」

ゼファーの視線はトアが持つマカロンに注がれている。

「エルイーズが作ってくれたんだ。ゼファー、甘い物は苦手じゃないよな？」

「単品で食べるのはあまり好きではないですが、紅茶とはよく合いますね」

「一個あげようか」

トアはつまんだマカロンをゼファーの前に差し出した。ゼファーは受け取る事なくトアの手から直接マカロンを口に含む。

「いい味です。けれど……」

ゼファーは意味あり気な目でトアを見た。

「女性が容易に男に物を食べさせてやると、勘違いされますよ」

「……手で受け取ると思ったら、ゼファーが勝手に食いついてきたんだろ」

ボロが出ないようにと、普段から自分は男であると意識して過ごしてきたつもりだが、女であると認識させられるこういう場面になると途端に崩れてしまう。ゼファーの事だから、きっとそうやってからかって心の中で笑っているのだ。

ゼファーは意地の悪い笑みをトアに向けてくる。

「いくらトアが女性である事を口外しないように頑張っても、この程度で剝《は》がれる仮面では心許《こころもと》ないですね」

くっくと笑いを嚙《か》み殺して、ゼファーは廊下の向こう側へと消えた。

その場に取り残されたトアは、なんとなくゼファーに負けたようで悔しくて、せめてもの抵抗とばかりに一人で不機嫌な表情を作る。

乱れた心を落ち着けるには読書が一番だ。これだけ広い城なら蔵書の数もかなりのものだろうと期待して、トアは適当に捕まえた使用人に書庫の場所を聞くと、さっそくそこへ向かった。

書庫に行くには中庭を突っ切った方が早いと言われたので、トアはコートの前をしっかりと閉じて寒さに震えながら城中央にある中庭に出た。

　雪が薄《うっす》らと地面を覆う中庭には、雪にも負けない真っ白な花を付けた冬薔薇《ばら》が咲き誇り、あまりの見事さにトアは足を止めて見入った。

　手入れの行き届いた冬薔薇の園は凍えるような寒さも吹き飛ばしてしまうくらい、人を魅了してやまない美しさを湛《たた》えている。

　薔薇の匂いを嗅ごうと顔を近付けたら横合いからすっと手が伸びてきて、トアは驚いて身を引く。手の主はロキだった。というか気配を感じなかった。

　ロキは何も言わずに、冬薔薇の一本を茎から折ろうとした。

「……っ」と小さく声を漏らしたロキだが、その表情は少しも変わらず、ただ冬薔薇を折ろうとした指の先に血の玉が出来た。

「いけない。見せてください」

　トアはロキの手を取ると、まず刺さっている棘《とげ》を絞り出した。

　そしてズボンのポケットから取り出したハンカチで傷口を覆って縛る。騎士になる時に姉から貰《もら》ったお守り代わりの大切なハンカチだ。けれど今は使えそうな布をそれしか持っていなかったので仕方なく止血に使った。

　ロキは礼も何も言わずにハンカチの巻かれた手で、今度こそ冬薔薇を一本折った。

「気に入ったんだろう」

気持ちも魂もこもっていないような声で言ってから、ロキは冬薔薇をトアの髪に飾った。

──これはもしかして……女だと思われている？

「あの、ロキ様。自分は男です」

まだロキがどんな人間であるのかトアは知らない。よく知らない人間に自分の秘密を明かすわけにはいかない。

ロキはじーっとトアの目を虚《うつ》ろな瞳で見返してくる。

首を傾げ、気だるそうな視線でトアの顔の輪郭をなぞってから、億劫《おっくう》そうに唇を動かした。

「なぜ女であるお前が葬園騎士団にいる」

こちらの言い訳など耳に入っていないようだ。ロキの瞳には光がないのだが、計り知れない力強さが秘められているように感じる。彼の前では、些細《ささい》な嘘《うそ》さえ許されない気がした。

「性別を偽り、団長の座に就いたからには、何か成したい目的でもあるんだろう」

抑揚のない平淡な声。けれどその奥には、言い逃れは許さないという強い意志のようなものが感じられた。

この人は不思議な人だと思った。一見、空っぽに見えるのに、奥の奥には誰よりも強い命が脈打っているように思えるのだ。

「……誰にも言わないでいただけますか。あの砦では女である事を知られると生活しづらいのです。それから、団長には好きでなった訳ではありません」

「なんだ。男だと言い張れば信じたのに本当に女だったのか。さっきのは冗談のつもりで言った」

覚悟して口にしたトアの言葉を簡単に流し、ロキはトアの髪にさした冬薔薇の角度の方が気になっているようで、無表情のまま調整作業を続けている。

目の前の男は、あの三人を超える変人かもしれない。言動の思惑がまったく読めない。

「何か特別な事をしたのか」

ロキから投げ掛けられた言葉にあまりに脈絡がないので、トアは返事に困ってしまった。

「葬園騎士達が、あんなにやる気と希望に満ちた顔でこの城へやってくる事など今まで一度もなかった。団長であるお前が何かしたんだろう」

「特に何をしたという訳ではないです。強いて言うなら、彼らが自分達の意思で前を向いてくれた、くらいしか」

トアを見てロキは納得したとでもいうように軽く頷《うなず》き、ようやく気に入った角度で決まったらしい冬薔薇に満足したのか、トアの髪から手を離した。

「そういえば、まだお礼を言っていませんでした」

「礼など必要ない。私が勝手にした事だ」

「いえ、薔薇の事ではなくて……あ、これも嬉《うれ》しかったんですけど……そうではなくて！　以前にエデルの砦辺りでグランギニョールから助けていただいた時のお礼です。ロキ様が居合わせてくださらなかったらどうなっていた事か。どうもありがとうございます」

トアが頭を下げると、ロキは何かを思い出そうとしているみたいに視線を右上に向けた。

彼はすぐに視線をこちらに戻し、感情が抜け落ちた声で言う。

「武器もないのに敵の前に飛び出した赤毛の……ああ、思い出した」

記憶のされ方に若干の不満はあるものの、相手も覚えていてくれたようで安心する。

「領内で起きた問題の解決は私の義務だ。礼には及ばない」

素っ気ない態度は彼の標準なのだろうか。

相変わらず感情の抜け落ちた声で「それより」とロキは続けた。

「書庫へ行くのか」

トアが向かっていた進行方向を視線で辿《たど》ってロキは確認してきた。

「はい。本を読みたいと思いまして」

「私も同じだ。うちの書庫はすごいぞ。どこになんの本があるのか、私でも半分以上は覚えていない」

それだけ蔵書の数がすごいという意味なのだろうが、自分の城の書庫くらいは把握していてほしいところだ。

中庭を囲うように造られた白石の回廊をロキと並んで進むと、行き当たりに大きな扉が見えた。

ロキはオーク材で出来た両開きの扉を押し開ける。軋《きし》みを上げて開いた扉の向こうには仄暗《ほのぐら》い書庫が広がっていた。天井に届くほどの高い書架が林立しており、その数に圧倒されて思わず溜息《ためいき》が漏れる。

「戸を閉めてくれ。光に当たると本が劣化する」

言われてトアは慌てて扉を閉める。閉めた後で、ロキの方が後に入って来たのだから、扉を閉じるならあなたの方が近かったんじゃないのかと思ったが、十七代も続いた伯爵家の当主であれば他者への命令など呼吸をするのと同じくらいに慣れているのだろう。

書庫の中は蠟燭《ろうそく》の火に照らされて、まだ朝方である事を忘れそうになるほど暗い。古くなった紙のにおいがトアは嫌いではない。「それは積み重ねた歴史の薫りだ」と言った祖父の言葉を思い出すからだ。

「どんな本が読みたいんだ」

「ここ周辺の土地一帯に関する歴史書や記録書なんかはありますか？　墓掘りへ行く前に

最低限の知識は持っておきたいので」

　葬園の情報については、罪の騎士達に聞いて回ったり、団長室に置いてあった手引き書も読み込んだ。ある程度は学べたが、トアとしてはまだ足りないと感じる。

　ろくな知識も持たないまま勢いで突っ込んで、自分や仲間の命を危険に晒《さら》すなど下策もいいところだ。

　もう二度と家族には会えないかもしれないが、父と交わした約束を守り通すことが今のトアに出来る唯一の孝行なのだから。

　ロキは少し考えて、蠟燭の灯《あか》りが届かない闇がわだかまっている書庫の奥の方を指差した。

「あの辺りに該当の書物が置いてあったはずだ。誰も位置を変えていないのならな」

「ありがとうございます。行ってみます」

　書見台の端の方に置かれていた燭台《しょくだい》をひとつ借りて、トアはロキが指し示した方へ進む。

　蠟燭の灯りを頼りに書架に並べられた本の背表紙を確認していくが、トアが求めている表題とはかけ離れたものが収められていた。

　把握しきれていないと言っていたし、ロキも本の場所を間違えたのかもしれない。そう考えた時だ。一冊の気になる書物が目に飛び込んできた。

焦げ茶色をした装丁の分厚い本で、背表紙には『墓掘り日誌』と書かれている。

歴史書ではないが、キルエリッヒ家の人間が書いたものであれば有用な情報が記されている可能性も高い。

トアが『墓掘り日誌』を手に取ると、すぐ横手にある書架が、がこん、と音を立てて回転した。どうやら『墓掘り日誌』が隠し部屋の鍵になっていたようだ。

少しだけ迷って、トアは姿を現した小部屋に足を踏み入れる。

どうしても見られたくないものを隠しているのなら、先ほど隠し部屋が開いたときの音でロキが駆け付けていただろう。

鍵となっていた本の表題が『墓掘り日誌』だった事から考えても、それらに興味のある人間であれば入ってもらって構わない、という意思にも取れる。

小部屋の中は少しカビ臭かった。積もった埃《ほこり》を見るに、あまり頻繁な人の出入りはなさそうだ。

数歩で端から端まで届いてしまいそうな正方形の部屋は殺風景で、机の周りに何冊かの本が積み重ねられているだけだ。

適当に手を伸ばして本の内容を確認すると、キルエリッヒ家の歴代当主達が書き溜《た》めた墓掘りの記録のようだった。

小さな木製机の上に開かれていたのは、初代当主ヴェルクスが記したと思われる手記だ。

トアは蠟燭を机の端に置くと、その本を手に取った。


ある一人の女性に手を差し伸べた事が、すべての元凶だった。

当主になって間もない頃、身寄りも、行く当てもないという女性を家に置く事にした私は、しばらく後、大切な親友の死をその女性に冒瀆《ぼうとく》された。それはとても許し難く、神に背く行為であった。その時になって私は初めて知ったのだ。女性が人間ではなく、悪魔の眷属《けんぞく》――邪悪な魔女である事を。

魔女を追う私の噂は瞬く間に広まり、彼女は教会の神殿騎士団にも命を狙われる身となった。

追い立てられた魔女は今まで隠していた牙を剝《む》き、人間に対して戦を仕掛けてきた。

全力で剣を振るったが、私の力では魔女の横溢《おういつ》な魔力の源である『魔石』を、やっとの思いで破壊するに至っただけだ。

しかしそこで、すべての魔力を失った魔女に告げられたのは衝撃的な事実だった。

魔石が壊された事で魔力を失った魔女は当然、不老ではなくなる。ここで倒さずとも、遅くとも数十年後には魔女は寿命で命を落とすだろう。

問題はその先だった。魔女が死ねば彼女からの命令で動いていたしもべ達を制御する者がいなくなるというのだ。

魔女のしもべ達は暴走し、世界は再び戦乱の渦に突き落とされる。先の戦いで魔女のしもべ達の戦闘能力の高さは知っている。あれが暴走して世界に解き放たれたら、もはや人間に勝ち目はないだろう。

なんの知識もなかったとはいえ、魔石を壊した責任は自分にあるし、これまでの戦いで疲弊しきった同胞達をさらなる戦渦に突き落とすなど、どんな責め苦を与えられようとも私には出来ない。だから魔女からの提案に耳を傾けた。

魔力を失った魔女が永遠の時を生きるには、誰かの命を与え続ける必要がある。

その役割を、これから先に続く自らの一族が負う事を、魔女に誓ったのだ。

当時十八歳だった私は魔女と契約を結び、二十歳までしか生きられない体になった。本来生きられるはずだった分の寿命を魔女に捧《ささ》げる、という契約を自ら受け入れたからだ。

私は真実を誰にも告げなかった。教会に属する身である私が悪魔と契約を交わしたなど、冗談でも言えるはずがない。

魔女はもうひとつ私に約束を取り付けてきた。途方もない話だが、私と後に続く子孫が砕いた魔石の欠片《かけら》をすべて集めて復元出来れば、その時は契約を破棄する、というものだった。

魔女がなぜそんな提案をしてきたのか、その真意はわからない。

魔女の立場からしてみれば、なんの得にもならないような約束事だろう。

こちらを欺き、愉《たの》しむための嘘《うそ》かもしれないとも考えたが、残された時間が二年もない私にとっては嘘でも縋《すが》りたい話だった。

魔石は葬園の方々に散らばり、それらをすべて見付け出す事など不可能に思えたが、短い一生を終えるまで墓を掘り続けると誓おう。

それが、過酷な運命を背負わせる事になってしまった後胤《こういん》達に対しての、私が出来るせめてもの報いだ。


手記の他のページは、インクがかすれてしまってうまく読み取れなかった。

トアは、葬園への道すがら護送の騎士が聞かせてくれた話を思い出す。

『三百年前、アルサリス地方の南部一帯――聖ドロティア葬園がある場所は人間と魔族の激戦区だった。教皇の命令で現地へ赴いた聖騎士ヴェルクス・キルエリッヒは死闘の末に、魔族を率いていた一人の魔女を退けたのだ。その功績をたたえられ、当時の教皇より爵位と、聖地であった葬園一帯を領土として与えられたという』

この手記の内容を信じるなら、今まで皆が信じてきた歴史は偽りで、実際にはヴェルクスは魔女討伐を成し得なかったという事になる。

歴史の中に隠された真実を知ったトアは真っ先に考えた。

――ロキは、いま何歳だ？

見た目だけで判断するなら、丁度二十歳くらいに思える。だとしたら、もうあまり時間が残されていないのではないか。

本人に確かめる事も考えたが、もし期限が近いのなら、一番必死になって運命から逃れようとしているのはロキ自身だろう。横合いから残された時間を聞く行為に意味はない。

トアに出来る事があるとすれば、せめて魔石の欠片が早く見付かるように墓掘りに真摯《しんし》に取り組む事くらいだ。途方もない話だが、きっとロキもそれを一番に望んでいる。

隠し部屋を出てロキの下へ戻ると、彼は壁際に沿うように作られた書見台のひとつに打っ伏して眠っていた。よほど疲れているのか、それとも心労か、目の下の隈《くま》が彼の疲弊を物語っている。

トアは眠るロキの薬指にはめられた銀の指輪に視線を落とす。憶測だが、指輪に装飾されている一片が欠けた黒い石がもしかして魔石なのだろうか。見たところ後は小さな欠片をひとつほど取り戻せば復元出来そうにも思える。

なにかに誘われるように、トアはそっと黒い石に指先で触れた。

ぱちんっと静電気のような痛みが走り、目の前が一瞬だけ真っ白になって、驚いたトアは咄嗟《とっさ》に手を引っ込める。

（なんだろう、今の……）

真っ白になった視界の中に、ほんの刹那《せつな》だけ人影が見えたような気がしたのだ。

眠るロキをもう一度見やって、トアは自分が身に着けていたウールの外套《がいとう》を彼の背中からそっとかけた。

せっかくの睡眠の邪魔になっては悪い。トアはロキに声をかけずに出来るだけ物音を立てないよう書庫を出た。

その日の夕食を終え部屋に戻ったトアは、ベッドの脇机に置かれた時計を確認する。

夜の七時。まだ眠るには早いので、ここへ来て得た色々な情報をまとめようと考えた。

しかし、机に向かうには少し疲れ気味だと感じたため、トアはベッドに寝転がる。

ランプの火を落とそうと思ったが、なんだかこの城には不気味な影が落ちているような気がして急に怖くなり、そのままにしておく事にした。

全身の毛が逆立つかと思った。トアがふと視線を入り口に飛ばすと、薄暗闇の中に人影が浮かび上がったのだ。

「……ひっ！」

一瞬亡霊かと思ったが、落ち着いてよく見ればアイボリー色のゆったりしたシャツに短ズボン姿の、ようするに寝間着を着たロキだった。

「な、何してるんですかロキ様」

「眠れなくてな。いつもの事だ、気にするな」

「気にするなって……ノックもせずに気配消して入って来ないでください、びっくりするじゃないですか！」

「気配を消したつもりはないんだが、そういえばいつも執事や侍女達に『いつからそこに』とか『見えませんでしたよ』とか『影薄っ』などと言われるな」

ロキの影が薄いのはわかったが、主人に対してひどい使用人達である。

とりあえず、自分がベッドの中にいてロキだけを立たせているという今の状態はまずい。

トアはベッドを抜け出して、部屋の左側に置かれた丸テーブルに腰掛け、その向かい側の席をロキに勧めた。

「でも眠れないからといって、なぜ僕の部屋へ？」

「眠れないついでに、これを返しに来た」

テーブルの上に差し出されたハンカチとウールの外套は綺麗《きれい》に折りたたまれていた。ハンカチを広げてみるとどこにも血の染みは付いていなかった。

「洗ってくださったんですね。わざわざありがとうございます」

「そのハンカチの刺繍《ししゅう》、守護の女神だな。手の凝った刺繍だ。大切なものか？」

「姉が、いつでも私を見守ってくれるようにと作ってくれました。とても大切なものです」

ロキはじっとトアの手元にあるハンカチを見詰めて唇を動かす。

「私にも家族がいる。大切な家族だ」

トアはロキの左手の薬指に視線をやった。この物言いといい、やはり既婚者なのだろうか。

「書庫の隠し部屋に入ったんだろう」

突然の言葉になんと返せばいいのかわからず気まずい思いをしていると、ロキは無表情のまま平淡な口調で続けた。

「責める気はないが、キルエリッヒ家の名誉に関わる問題だ。他言はしないでくれ」

人の秘密を言いふらす趣味はない。トアはしっかりと頷《うなず》いて見せた。

「知っての通り、私がしくじれば家族にしわ寄せが行く。だから、今回の墓掘りは決して失敗は許されない」

「ご家族は、この城に？」

「いや。病弱ゆえに今は離れた場所で療養している。だが私が失敗すれば、この寒冷地に強制的に呼び戻さなければならない」

ランプの心もとない灯《あか》りに照らされたロキの顔が、一瞬だけ悲しそうに見えたのは気のせいか。

もう一度目を凝らすと、そこにはいつもの無表情があるだけだった。

「ロキ様は、結婚していらっしゃるんですよね？」

「なぜ、そう思う」

「左手の薬指に、指輪をしているので」

ロキは少しだけ間を置いて、小さく呟《つぶや》くように言葉を吐いた。

「していると言えばしている。していないと言えばしていない」

結局、質問をする前と後で何が変わったとも思えない答えが返ってきただけだった。

一見、細身で病弱そうという印象を与えるロキだが、さすが長年墓掘りをしているだけあって、こうしてじっくり観察してみると全身に均等に筋肉が付いている事がわかる。

「用事は済んだ。そろそろ部屋へ戻るとしよう。邪魔をした」

席を立ったロキにならってトアも腰を上げる。

「眠れないのでしょう？　僕で良ければ話し相手くらいにはなれます」

ロキは黙ってしばらくトアの顔を見詰めた後、表情ひとつ変えずに口を動かした。

「ゆっくり休め。お前達一人一人の力が、今回の墓掘りの成果に繋《つな》がるんだからな。期待している。お前達は今までの騎士とは何かが違うようだ」

ロキはこちらの返事は待たずに部屋を出て行った。

後に残されたトアは静かに閉められた入り口の扉を見やって、なぜだろう、と考えた。

なぜロキは、あんな風に落ち着いて普通でいられるのだろう。

もうじき死ぬかもしれないというのに、動揺のひとつも見せない。

ただトアは、もうロキの事を人形のようだとは思えなかった。

家族を『大切だ』と表現した彼には、ちゃんとそう感じる心があるという事だ。

今の自分に出来る事は、今回の墓掘りでなんとしてもロキの望む成果を上げる事である。

トアが目標として追い掛け続けてきた最高の騎士レンドラン・ミリィエルケットなら絶対に困っている人間を見捨てたりしないし、トアが憧れる冒険小説の主人公ヴァルチニカは人の笑顔のために全力を尽くせる人間だった。

レンドランの娘として。

ヴァルチニカの名を借りた者として。

誰かの手を必要としている人間がいたら、出来得る限りの事をしたいと思う。

しっかりと休息を取る事も戦う者にとっては大切な務めのひとつだ。

小さくあくびをして、トアはベッドに潜り込んだ。


……──女性が泣いている。

頻闇《しきやみ》の中、闇と同じ色の長い髪をした一人の女性が、顔を覆って泣いていた。

女性が誰なのかはわからない。顔が見えないのでなんとも言えないが、あれほどの長い黒髪となると、少なくともトアの見知った人間ではないだろう。

女性はトアに気付いた様子もなく泣き続けていて、見ているこちらの胸が締め付けられるようだ。

慰めようにも、悲しんでいる理由がわからなければ的外れな言葉を投げかけてしまうかもしれない。

声を掛けようと一歩踏み出したトアは、視界が回転するのを感じてその場に膝を折った。

状況を理解するよりも早く、目の前の光景が一変した。

その場に身を起こして辺りを確認すると、自分にあてがわれたキルエリッヒ城の一室だった。

妙に生々しく、いまだあの闇が肌にまとわりついているかのような錯覚を覚えるが、どうやら夢だったようだ。

時計を確認すると、朝の六時だった。夢見が良《い》いとは言えないが、必要な睡眠は取れたようで体調はいい。

トアはベッドから起き上がり、服を着替えて部屋を出た。

朝食の席で、普段は言葉を発せずに黙々と食事するだけのロキは、トアと視線が合うと何かを思い立ったようで口を開いた。

「今夜もお前の部屋を訪ねていいか、トア」

勘違いされそうな言い回しに、トアは口に含んでいた水を噴き出しそうになってなんとか堪《こら》えた。食堂にいる全員の視線がトアに集まる。

トアの右隣と左隣に座るアズリカとエルイーズが、ニヤっといやらしい笑みを浮かべた。

「なるほど、ねぇ……」

「やる事やってんだな、お前」

「ちっがーう!!」

そんなやり取りを聞いているのかいないのか、気にした風もなくロキはさらに言葉を続ける。

「しかし、トアの部屋は少し狭いな。なんなら私の部屋を使っても構わない」

向かい側に座るゼファーが食事の手を止めてトアを見た。

「そんなに激しいんですか」

「ちがうんだってぇぇえっ!!」

「トア様。食事中にあまり大声を出されませんよう」

後ろに控えていた執事から注意された。トアは赤面して泣きそうになりながら俯《うつむ》いた。

それにしても、ロキが今夜もトアの部屋を訪れる理由とは一体なんだろうか。

一人では答えも出ないだろうし、夜になればわかる事だ。朝食を終えたトアは腹ごなしのために剣の素振りでもしようかと考えた。

庭師の男性に尋ねたところ、キルエリッヒ城には明確に訓練場と呼ばれている場所がなく、裏庭がそういう目的で使われていると教えてもらった。

裏庭へは、城の西側にある調理場の裏口から行けば早いという事だったので、忙《せわ》しなく動き回る調理人達に迷惑そうな目で見られながら目的地に向かった。

周りを高い塀で囲まれている事と天気が曇りなのが相まって、裏庭は朝だというのに薄暗い。広さについては充分で、二人の人間が思い切り剣を振り回しても、充分に立ち回れるくらいはある。よく見れば裏庭の片隅には使い古された木人が立ててあった。ここはもう立派な訓練場ではないのか。

武器の類《たぐい》は入城時に没収されていたため、トアは裏庭の塀に立て掛けてあった訓練用だろう木剣を手に取る。木の枝でも十分だと思っていたので、少し得した気分だ。

トアは昨日、城の書庫で集めるだけ集めた情報を頭の中で整理しつつ、木剣での素振りを行った。

三百年前にこの地より始まり、世界中を巻き込んだ戦へ発展させた魔族——魔女フリンツェルは、どうやら戦で命を落とした人間の身体《からだ》をそのまま使って人形を作り出していたようだ。

どうしたらそんな残酷な事を思いつくのか、理解に苦しむ。

仲間や家族、親しい者の姿を借るグランギニョールを前にして、戦意を失い剣を捨てる者達も多くいたという。

今現在、葬園にて騎士達の脅威となっている存在は、当時生み出されたグランギニョール達なのだろうか。それともキルエリッヒ家の命を吸いながら今もどこかで生きている魔女が新たに作り出している？

しかし隠し部屋にあったヴェルクスの手記には、魔石を壊された事で魔女はすべての魔力を失った、と書いてあった。つまり新たに人形を作り出す事は不可能と考えるのが妥当だろう。

どんな状況でも剣を捨てるつもりはないが、これから共に墓掘りへ行く仲間達と万が一にも戦わねばならない可能性が潰れただけでも幾分気が楽だ。

トアは葬園に来る前に遭遇したグランギニョールの姿を思い出した。

蒼白《そうはく》で仮面のような無表情な顔。戦闘能力は、砦《とりで》の戦い慣れた騎士達が数体のグランギニョールに壊滅させられた事を考えれば言わずもがな、だ。

そういえば昨日手に取った書物の中に気になる記述があった事を思い出した。

グランギニョールを率いていた魔女は、長い黒髪に金眼《きんがん》を持つ見目麗しい絶世の美女だったらしい。誰もを魅了する美しい姿に、味方を裏切って魔女に加担する兵も少なからずいたというから相当の美貌を持っていたのだろう。

長い黒髪の女性などどこにでもいるし、ただの偶然だろうとは思うが、夢の中の女性を少しだけ思い出した。

情報の整理をしながら木人を敵に見立てて木剣を振るっていたトアは、急激な目眩《めまい》に見舞われてその場に膝をついた。

（あれ、なんだろうこれ、おかしいな……）

目がかすみ、頭にもやが掛かったような感覚に襲われ、必死で意識を保とうと歯を食いしばるが、ついに体を支えきれず前のめりで地面に倒れ込む。

しだいに遠のく意識の中、頬に冷たい雨が当たるのを感じた――。


――可哀相《かわいそう》に。お前は哀れな欠陥品さ。

誰かの声が聞こえる。同情しているようにも、どこか嘲笑《あざわら》っているようにも聞こえる声で。

ああ、夢か、とトアは思った。またあの明晰夢《めいせきむ》だ。

長い黒髪の女性が暗闇の中、項垂《うなだ》れてぽつんと佇《たたず》んでいる。トアの位置からは彼女の後ろ姿しか見えない。

方々から哄笑《こうしょう》が聞こえてきて、女性は両耳を塞いで笑い声に耐えているようだった。

――お前は恥だ。

──我が一族の面汚しだな。

──ゴミ以下の矮小《わいしょう》な存在だよ。

暗闇の中から投げ掛けられる声は、容赦なく女性を追い詰める。

「あたしは、出来損ない」

どこにも、行く場所がない。

泣いているような、嗤《わら》っているような。震える声を絞り出して、呟《つぶや》くように女性は言った。

幽鬼のようにふらふらとした足取りで、女性はゆっくりと前に進んで行く。トアも後を追い掛けた。

なぜ彼女は、何度もトアの夢に出てくるのだろう。

疑問を抱えたまま、女性の後を追い暗闇の中を進んでいく。

彼女はトアの存在には気付いていないようだ。もしかしたら、トアが一方的に彼女の姿を視認出来ているだけなのかもしれない。

どれほどの時間、歩き続けただろう。景色は延々と真っ暗闇で、女性の進む先に光が射《さ》す事はない。

女性はその場に崩れ落ち、あの時のように両手で顔を覆い泣き始めた。

長い黒髪という、共通点はあるものの、彼女が魔女であるとは考えづらいだろう。目の前の女性は、世界を相手取って人間を窮地に陥れた存在としてはあまりに儚《はかな》い。だとすると、彼女は一体誰なのだろうか。

――ゆっくりと目を開く。どうやら自分はベッドの上にいるようだ。辺りは薄暗い。

次第に鮮明になっていく記憶を手繰りながら、トアは視線を自分に割り当てられた部屋の中に廻《めぐ》らせた。灯《あか》りのない部屋にはトア一人きりだ。剣の素振り中に裏庭で意識を失ってしまったらしい自分を、誰かがここまで運んでくれたのだろう。

あの突然の目眩はなんだったのか。いや、倒れる寸前の感覚を思い出すと、抗《あらが》いがたい強烈な睡魔、と表現した方が近い気がする。

「もしかして不思議な夢を見たんじゃないのか」

「ひぇっ……‼」

突然掛けられた言葉に、トアは思わず情けない声を出してしまった。

てっきり一人だと思っていたのだが、よくよく目を凝らせば部屋の隅にわだかまる闇に溶けるようにしてロキが椅子に座っている。

「ロキ様！　どうして気配を消すんですか！」

「気配を消そうと意識したつもりはないが、驚かせたならすまない」

感情が抜け落ちたロキの口調からは、少しも申し訳なさそうな空気が伝わってこない。加えていつも無表情なので余計に謝られている気がしないのだ。

まだ少し目眩が残っていたため、トアは失礼とは思いつつベッドの縁に腰掛けてロキと対面する。

「不思議な夢を見たって、どうしてわかったんですか？　誰にも話していないのに」

ロキは左手の薬指を、かざして見せた。

欠けた黒い石が蠟燭《ろうそく》の灯りを反射して鈍く光る。

「私には記憶がないが、お前、この石に触れただろう」

「……はい」

ロキはすべてをわかっていて話しているのだろう。隠しても仕方のない事なのでトアも正直に頷《うなず》く。

「察しはついていると思うが、これは魔石だ。さしずめ触れた事によって石の魔力に中《あ》てられたといったところか。それでお前も夢を見るようになったと推測出来る」

「夢に出てくる長い黒髪の女性が、魔女という事ですか？」

ロキは頷いたが、にわかには信じられない話だ。歴史上で語られる魔女と、夢の中の女性では印象がかけ離れすぎている。

しかし、ロキがそんな嘘《うそ》をつく理由も思い付かない。

「私の不眠の原因があの女の夢だ。毎晩出てきては、呪詛《じゅそ》のように早く会いに来いだのと笑いながら宣《のたま》う。人間の不幸は、あの女にとって蜜なんだろう」

平淡な声音で語られるロキの夢の内容に、トアはやはり引っ掛かるものを感じた。

トアの夢の中で泣いていた女性が、人の不幸を楽しむような人には思えなかったのだ。

「ロキ様の夢に出てくる……その、魔女は、泣いてたりしてませんか？」

「あの女が泣いている姿など見た事がないし、想像も出来ないな。そもそも、早逝の呪いを受けた人間の夢に毎夜出てきては、楽しそうに笑っている女に涙があるとは思えない」

感情の読み取れない単調な声ではあるが、彼ははっきりと言い切った。

トアが不思議な夢を見る原因が魔女の力に関係しているのであれば、ロキが言うように夢の中の女性が魔女である可能性は高いのかもしれない。

だが、だとしたら女性が与える印象に、ここまでずれが生じているのはどうしてなのだろうか。その理由がわからないせいで、トアの中でいまいち女性と魔女が同一人物として重ならないのだ。

気にはなるものの、いくら考えても現時点で明確な答えが出せる問題ではない事はわかっている。とりあえず気にだけは留めておいて、今は保留にしておく方が良さそうだ。

「私の一族は、こんな小さな石ころに数百年間弄《もてあそ》ばれてきた」

自身の左手に目をやったロキを見て、トアの視線も彼の指輪に吸い寄せられる。

「この左手の薬指にはめた銀の指輪は、魔女との契約の証《あかし》を隠すために代々キルエリッヒ家に伝わってきたものだ」

ロキが指輪を外して見せると、その下から指に絡み付くように刻まれた黒い薔薇《ばら》の刻印が覗《のぞ》いた。

「集めるべき魔石の欠片《かけら》は、見た感じでは後ひとつでしょうか」

「ああ、ひとつだ。そのたったひとつが見付からない」

ロキは自身が身に着けている指輪に視線をやり、黒い魔石をそっと指先で撫《な》でた。

「葬園はとても広いと聞きます。小さな魔石の欠片を見つけ出す確実な手段はあるんですか？」

「罪の騎士達には私達一族が何を探しているのかは明かしていない。ただ、目的の物を探し出すために、墓掘りでは特殊な指示を出す。魔力を有した物をあぶり出すための一種の術式だ。それぞれ決まった位置に立ってもらい、聖別した銀製の道具――この場合はスコップになるが、それで魔法陣の形に地面を掘る。目的の物が魔法陣の内側にあれば反応があるし、なければ場所を移動してやり直しだ。魔法陣は大きくは描けないから、広大な葬園でこの作業を延々と繰り返す事になる。別の物が引っ掛かる場合もあるから確実とはいえないが、私の一族はその方法を用いてここまで魔石を復元した」

つまり、キルエリッヒ家は魔石を見つけ出すための手段は知っているが、それをもってしても未《いま》だに目的の物に辿《たど》り着けないでいる、という事だ。もしかしたら最後の一欠片は特別な方法で遮蔽されているのかもしれない。

表情の変化や感情の起伏が異様に乏しいロキからは焦りのようなものは感じないが、それでもこんな状況で何も感じていないとは思えない。

「黒薔薇の呪いは一族の年長に自然と受け継がれる。私が死ねば、次に運命を背負う役目は病弱な弟にのし掛かるだろう。それは避けたい、絶対にだ」

以前ロキが口にしていた『大切な家族』というのは弟の事だったらしい。相変わらず抑揚のない声だが、紡がれる言葉には強さが宿っているような気がした。

「私が初めてトアと出会った日、それが弟の誕生日だった。あの日エデルの砦を通ったのなら、お前もどこかで弟と顔を合わせているかもしれないな」

葬園に来るまでの記憶を辿って、エデルの砦に停められていた貴族の馬車を思い出す。もしかしたらあの馬車に乗っていたのがロキの弟だったのだろうか。

ロキのような立場の人間があんな場所に出向く用事とはなんだろうと気にはなっていたが、弟に会うためにエデルの砦へ向かっていたのなら納得がいく。

となると、数日前にゼファーが言っていた『エデルの砦《とりで》に居座っている噂の貴族』というのもロキの弟である可能性が高い。

「不甲斐《ふがい》ない私を慕ってくれる、大切な弟だ。こんなふざけた運命に、あいつを食わせはしない」

表情もなく、声にはわずかな熱もない。

感情を失っているはずなのに、ロキの言葉には強い思いが込められている気がした。

「私は人形ではないし、探しているのも心ではないが、誰かに思いを伝える時には不便を感じる事もある。私のこの髪色は一族の当主にたびたび見られるものらしい。どういった理由か、魔女が私達の心に鍵をかける呪《まじな》いを使ったせいで、魔力のバランスが崩れた事が原因のようだ」

最初は驚いたものの、トアはロキの髪色が嫌いではない。黒と灰と白が入り交じった三毛は、人混みに紛れても一瞬で見つけ出す事が出来るだろう。

だが、呪いによって変色した髪を褒めるのもなにか違う気がして、トアはロキの髪から黒薔薇のタトゥーへと視線を移す。

魔女との永遠の契約というのは、左手の薬指にある刻印から考えて婚姻に近い意味を持つのかもしれない。

――結婚していると言えばしているし、していないと言えばしていない。

ロキの言葉の意味がようやくわかった。

「ロキ様は、あとどのくらいで二十歳を迎えられるのですか？」

答えを聞く事で何かが好転する訳でもない。わかっていながらも我慢出来ずに口にしたトアの質問に、ロキは淡々とした口調で答えた。

「一ヶ月」

トアは思わず、前のめりになって声を上げた。

「そんな……！」

それ以上の言葉を遮るように、ロキはトアを手で制止する。

「余計な事は考えずにゆっくり休め。明日の朝、葬園に向かう」

ロキは淡々とした口調で言い残し、部屋を後にした。

三百年間探し続けて見付からなかったものがあと一ヶ月で見つかるなど、呪われた一族にそんな奇跡が起きるのだろうか。

そもそも呪いを解く方法が本当に存在するのかどうかもわからない。取引をした相手は魔女だ。三百年間、ありもしない物を探して奔走するキルエリッヒ家の人間を見て嘲笑《あざわら》っていたのかもしれない。

夢で見た、女性の姿が脳裏に浮かぶ。

歴史上の魔女と、夢の中の彼女は本当に同一人物なのだろうか。だとしたら、一体どちらが本物なのだろう。

今の時点では真実はわからないが、知らなければならない何かがあるような気がしてならなかった。

四章　聖ドロティア葬園

Redheaded Toa and the Knights of Sin

いつもより少し早めの朝食を終え、墓掘りに向かうメンバーは城門の入り口に集まった。

武器はこの城へ来る時に黒騎士達に没収されたが、墓掘りの当日に手元に戻って来た。城からの支給品を与えていた時期もあるらしいのだが、使い慣れた武器の方がいい戦いが出来るだろう、というロキの意向で制度が変わったそうだ。

「向かう場所は〝キニーの首〟だ。各人、準備はいいか」

金縁の黒い鎧《よろい》に身を包んだロキは、罪の騎士達を見渡して確認の言葉を口にした。背中には凝った細工の銀製スコップを背負っており、腰には長剣を提げている。

キニーの首、という名称については城の書庫で学習済みだ。

葬園の全体図を上から見ると、横向きになった人間の骨格に似た形をしているため、区域ごとに人体部位の名称で区分されている。

キニーの首ならば葬園の入り口付近であるため、そんなに遠くはない。馬を走らせれば今日の夕方には着くだろう。

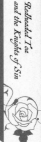

各人には馬が一頭ずつ貸し与えられ、その上でさらに野営や墓掘りに必要な道具、飲食物などが詰まれた荷馬車が一台、加えてエルイーズが墓掘りに同行する時だけ貸し出される、野外で調理をするための野営炊事車が付けられた。

野営炊事車の牽引馬《けんいんば》はエルイーズが操り、荷馬車を動かすのは馬を御するのが得意だと名乗りを上げたエリッツに決まった。

城の外門を出てひたすら南下し、葬園を囲う黒棺《くろのひつぎ》に向かう。当面の目的地である黒棺は、その巨大さゆえ城の窓からでもかすかに視認する事が出来た。だが実際に目指すとなると、かなりの距離があった事に驚かされる。

到着するまでの間は、逃走防止という理由で他の黒騎士達も周りを固めていたが、黒棺に設けられた葬園の中へトア達が入ったのを確認すると、彼らは「お気を付けて」とロキに頭を下げて去って行った。

代わりに、葬園への唯一の出入り口だという巨大で重厚なアーチ門の外では、元からその場所にいた門衛達が目を光らせていた。

たとえばこの中にロキを殺して逃げようとたくらんでる者がいたとしても、自由を手にする事は不可能だ。目の前にある黒棺の外側にさらに二重に同じものが造られてるというから、トア達に逃げる道などない。

逃げたところで檻《おり》の中。すぐに捕まる。ここまで黒騎士達がついて来ているのは半分、儀礼みたいなものと、万一逃げられたら捜す手間がかかるから、というだけの話だろう。

葬園の中は、見渡す限り土と岩と枯れ木に、それらを覆う雪、そして傾いたり欠けたりした灰色の墓石が延々と連なって形成されている。

空は薄曇りで太陽の姿はなく、葬園の荒涼とした景色が一層陰鬱《いんうつ》さを増しているように見えた。

一行は順調に進み、昼近くになると道程の半分まで、なんの障害もなく来てしまった。グランギニョールにも遭遇しなかったし、本当にここはそんなに危険な場所なのだろうかと疑問を抱いてしまうほど歩みは好調だ。

「ここで昼食をとる」

先頭を行くロキが視界の開けた小さな盆地で馬を止めた。何度か同じ目的で使われている場所らしく、盆地の中心には火を起こした跡がまだかすかに残っている。

各々割り振られた役目をこなし、手早く昼食の準備を整えて行く。トアは火を起こすための枯れ枝を集める係だった。

食事係は当然エルイーズだ。エルイーズのこだわりとして、野営であっても葬園の奥部へ行くのでなければ決して保存食は食べない、食べさせない、という自己ルールがあるらしい。

葬園の奥部へはただ馬を走らせるだけでも数日かかるようなので、水や食材が傷んでしまうのだ。だからエルイーズは罪の騎士に対する要請人数が多い時は墓掘り要員に名乗りをあげないのだという。

人数が多いという事は、それだけ危険な場所へ行くという事、つまり保存食が不可欠となる葬園の下の方へ行く事を意味するからだ。

危険な場所ならばもっと大勢で来た方が安全だと考えるのが普通だ。だが墓掘りに従事する人間の数には制限が設けられている。

小麦粉とジャガイモを混ぜて作ったパスタ入りのトマトベースの野菜スープを一口飲む。やはりエルイーズの料理はおいしいと、トアは改めて思いながら熟読した手引き書の内容を思い出した。

少人数が墓掘りに駆り出されるのは、死者が静寂を好む存在だからだ。大勢で墓地に行くと死者の眠りを妨げるという話は教会の説教でもよく耳にする話だろう。

もっともトアは教会のあの静謐《せいひつ》な空気が苦手で、父に連れて行ってもらった時もよく居眠りをして呆《あき》れられていた人間だが。

葬園の奥へ行くにはどうしても人員が必要だが、こういった近場へ行くのに大人数で地面を鳴らすと不必要なものまで呼び覚ましてしまうと考えられているようだ。

まあ、それも禁処である葬園に立ち入る人間の数を減らすために教会が勝手に決めたしきたりに過ぎないのかもしれないと、トアは勝手に思っている。

おいしい食事を楽しんでいたトアの、膝の上に載せていた木皿に影が落ちる。

なんだろうと思い後ろを振り向くと、それは見目麗しい金髪の男性が立っていた。

本能に従って考えるよりも早く剣を抜いていたが、トアよりも素早く動いた人物がいた。

「消えなさい」

横合いからゼファーの声と共に本が飛んで来た。分厚い聖書の角は男性の側頭部にめり込み、男性はそのまま地面に横倒れになる。

死人を思わせる青白い顔に、仮面を被《かぶ》ったかのような無表情。グランギニョールと見て間違いないだろう。

その場に起き上がろうとしてもがくグランギニョールの頭を踵《かかと》で思い切り踏みにじり、ゼファーは悪魔のような笑みを浮かべた。

「その空っぽの頭に有り難い聖句をねじ込んでやりましょうか？　私の目の前に現れた事を、せいぜいあの世で後悔しなさい」

ゼファーは屈《かが》み込んでグランギニョールの髪を鷲掴《わしづか》みにすると、心做《な》しかどこかぎこちない聖句を耳元で並べ立てた。

グランギニョールは断末魔の声を上げ、もがき苦しむ。

トアは自分の顔が引きつるのを感じた。食事中に見るものではない。

ゼファーは涼しげな顔で腰から銀製のナイフを外し、踏みつけたグランギニョールの心臓部に背中側から迷いなく突き立てた。

ゼファーはグランギニョールが完全に動かなくなったのを確認して、微妙な空気が流れる食事の席へ戻ってきた。

「グランギニョールに聖句が効く事は知っていたが、まさかあんなに効果てきめんとは思わなかったよ」

場の空気を取り繕おうとトアがもらした言葉に、アズリカが返してくる。

「グランギニョールにも等級があるからな。本当に高位の奴には似非《えせ》神父の聖句なんか効かないんじゃないの」

たしかにトアが城で読んだ本にも、グランギニョールの能力には個体差があると書かれていた。今し方遭遇したものは、かなり下位の存在だったのだろう。

ばらつきはあるものの、基本的に葬園の中心部より下——人体でいうところの腰骨付近から、強いグランギニョールに遭遇する確率も上がるようだ。

精鋭を配置しているという事は、そこに守りたいものがあるからだろう、とキルエリッヒ家の歴代当主達は考えたらしい。葬園の中心部から下はかなり初期の頃に掘り尽くされ、むしろ葬園の上の方に手付かずの箇所が残っているくらいなのだという。

魔石の復元が間近である今、近場であるキニーの首が墓掘り場として選ばれたのも、そういった理由が関係しているのかもしれない。

食事の後は「城で作って来た」と言って、エルイーズが木の実のクッキーをみんなに配った。けれどアズリカにだけは渡さない。

以前、アズリカがリンゴの蜂蜜煮を食べるのに苦戦していた姿を思い出す。いつまでもフォークでいじり回していて、なかなか食が進まないので、蜂蜜煮をリクエストしてしまった手前、申し訳なく思ったのだ。

エルイーズは甘い物が苦手なアズリカに気を遣って、クッキーの包みを渡さずにいるのだろう。と思ったのだが。

エルイーズはクッキーの包みをこれ見よがしにアズリカの目の前で振って見せる。

「お前、甘いもん好きだもんな。めちゃくちゃほしいだろ、これ？　今までの事を俺に謝ればやってもいいぜ？」

「いらねぇよ、そんなもん」

ふんっと鼻を鳴らしてそっぽを向いたアズリカの顔には、何かをものすごく我慢しているような苦悶《くもん》の表情が浮かんでいた。

そうか。アズリカは実は甘いものが大好物だったのか。

リンゴの蜂蜜煮は、好物な上に貴重なものだから最後まで楽しんで食べていた、と考えれば話の筋が通るし、エルイーズが城でマカロンを作っていた日も、トアと同じで甘い匂いにつられて厨房《ちゅうぼう》を覗《のぞ》きに来ていたと考えれば合点《がてん》がいく。

トアはエルイーズの目を盗んで、みんなから距離を置いた場所でいじけたように膝を抱えて遠くを眺めていたアズリカに話しかけた。

「ほら、アズリカ。これあげるよ」

トアは木の実のクッキーをアズリカに差し出した。その途端、アズリカの両目がキラキラと輝いた。

「……いいのか？」

「エルイーズには内緒だからな」

アズリカは大切な壊れ物を扱うみたいに、両手でそっとクッキーの包みを受け取る。

「ものすごくでかい借りが出来たな」

「いや、クッキーを渡しただけだが……」

アズリカは何かを思い立ったように自分の腰から提げた革の鞄《かばん》の中を漁《あさ》り出した。

その中から透明な液体の入った小瓶を探り出しトアに手渡してくる。

「僕が長年の研究の末、やっと作り出した秘薬だ。材料が足りなくてこれしか作れなかったが、飲めば大抵の傷を癒《い》やす事が出来る。売れば軽く金貨二十枚くらいにはなるぞ」

「ちょっと待て僕があげたのクッキーだぞ、釣り合ってないだろ！」

「菓子はあの砦《とりで》で暮らしていたら、あいつが作った物をもらうしか食う手立てがないんだよ。どう考えてもその薬よりクッキーの方が価値があるだろうな」

「ないよ！」

アズリカの甘い物好きは他者の追随を許さないかもしれない。アズリカの中ではすべてのものの優先順位のトップが、きっと菓子なのだ。

包みから木の実のクッキーを取り出し、一口一口を味わいながら幸せそうに顔をほころばせているアズリカの姿は、見ているこっちまで満たされた気持ちになってくる。

アズリカは三枚目のクッキーを手に取ると、少し考えて油紙の包みの中に大事にしまった。

「食べないのか？」

「貴重なものだからな。大切に食わないと」

ガラス細工を扱うような手付きで、腰に提げた鞄の中にクッキーの包みをしまい込む。

「そこの二人、紅茶が入りましたよ」

ゼファーの声と共に鼻腔《びこう》をくすぐる紅茶の香りが届いて来た。

腰を上げてアズリカと一緒にみんなの所へ戻ろうとした時、ふらりとどこからともなく忍び寄った人影がゼファーの背後に立つのが見えた。

グランギニョールだ。長い金髪の美しい女がゼファーの首に背後から手を伸ばす。

「ゼファー、後ろだ！」と声をかけるよりも早く、ゼファーは素早く振り返り、手に持った聖書の角で女の頭を殴った。

「離れなさい、汚らわしい。さっさと昇天して蛆虫《うじむし》にでも生まれ変わったらどうです」

がつがつと嫌な音を立てて容赦なくグランギニョールの頭を殴り付けるその姿は、もはや神父という枠に収まらない悪魔的な何かを感じさせた。

誰かの口から「ひでぇ……」という声が漏れる。まさに悪魔の所業そのものだ。

元の場所へ戻って来たゼファーは、みんなの視線に気づき、不機嫌そうに言った。

「なんですかその目は。死後も往生際悪く蝿《はえ》のように生者にたかる不浄で不潔な存在する価値のない魂を、慈悲の心で輪廻《りんね》の輪に還《かえ》してやったというのに」

なんだか色々と言う必要のない雑言が交じっているように感じる。

ゼファーは罰当たりにも墓石の上に腰を下ろすと優雅に紅茶を嗜《たしな》んだ。場所が場所だけに仕方がないとはいえ、紅茶を淹《い》れてあるのが銅製の無骨なコップなので違和感が半端ないのだが。

「汚いものはこの世からすべて消えてなくなればいい」

腹立たしげに舌打ちして吐き出されたゼファーの言葉を聞いて、おそらくその場の全員が同じ事を思っただろう。「あんたの心が一番汚ぇよ」と。

もしかしてこの人のせいで昇天出来ない存在が増えているんじゃないかと思えるくらい死者に対して容赦がない。

とにかくゼファーを敵に回してはいけないと、トアは心底痛感した。

和やかとは言い難い昼食を終えて、一行は再び移動を始める。

馬上で揺られながら、トアは野営炊事車を慎重に運ぶエルイーズの隣に並んで声をかけた。

「エルイーズはそれで戦うのか？」

背中に巨大な牛刀を背負っていたので、それがエルイーズの武器なのかと考えていると、彼は大きく首を横に振った。

「これは武器じゃねえぞ。牛を解体《ばらす》やつだ。葬園送りにされる時、唯一持ち込みを許されたもので、親父《おやじ》から受け継いだ家宝だから、絶対グランギニョールなんて斬らねえからな」

「じゃあ、エルイーズはどうやって戦うんだ」

「俺は非戦闘員だ。死ぬ気で守れ」

どこまでも居丈高なエルイーズに、トアは「はいはい」と呆《あき》れた声で返した。

エルイーズの料理が食べられなくなったら困るのは自分だ。頼まれなくともいざとなったら守るつもりでいたのだが、ぱっと見だとエルイーズはとても強そうである。女である自分の力なんか必要ないのでは、と思わせるような迫力がある。

「あー、今日の夕飯どうすっかなぁ。粉節約しなきゃなんねえから作りてえけどキッシュは無理だし。そういえばあの本に書いてあったカレーってどういう味なんだろ。作ってみてぇなあ……」

彼の頭の中には料理の事しかないらしい。これが死神に嫌われた男の余裕か。

空が青と紫とピンクのグラデーションに染まり、月が白く浮かび上がった頃に、トア達は目的のキニーの首に到着した。ここへ来る前に老執事から手渡された地図で確認すると、位置的には、人体を横向きに見た時の第三頸椎《けいつい》辺りに該当するようだ。

地面の至る所に石や窪《くぼ》みがあって、馬車の車輪を取られないように慎重に進んで来た事もあり、葬園の中でも入り口にもっとも近い区域だというのに随分と時間がかかったように思う。

辺りは荒涼としており、遥《はる》か昔は石畳として機能していたと思われるものが、欠け落ちた上に半分以上地面に埋もれた状態で、地平線まで続く墓石の間を点々と繋《つな》いでいた。なんとも侘《わび》しい光景だ。

トア達は野営の準備のために、荷馬車からテントなどの道具を降ろしていく。

今回の葬園での滞在期間は移動時間も含めて一週間という事だった。移動にほぼ一日かかるので、実質墓掘りに費やせる日数は五日だけという事になる。

墓掘りの理由を知っているトアは焦りを感じるが、当のロキはいつもと同じ様子で、黙々とエルイーズが作った料理を口に運んでいる。

夕食を終えた後は、明日から本格的に墓掘りを開始するという事で、見張り役二人を残して皆早々に四人用のテントに入る。

見張りは一時間交代なので、ロキを抜かした十二人で誰がどの順番で見張りをするか、コインの裏表で絞っていった。トアは三番目にエルイーズと見張りをする事になった。

トアはロキと同じ少し大きめの五人用テントに入り羽毛の寝袋に体を潜り込ませるが、クインシーの豪快ないびきが気になって、なかなか寝付けない。

同じテント内の他の騎士二名は、騒音などものともせずに眠りこけている。いつ敵が襲ってくるかわからない危険な道を一日中歩いてきたのだ。気を張って、よほど疲れたのだろう。

自分も休める時に休んでおかなければと思うものの、焦ると余計に眠気は遠ざかっていく。

この墓掘りで成果を上げられなければ、ロキは命を落とす。自分達の手にロキの運命がかかっていると言っても過言ではない。

こんな押し潰されそうな重圧を、キルエリッヒの一族は三百年もの間一身に背負ってきたのか。逃げる事も出来ずに。

……色々考えていても仕方がない。今は気力を充分に養って、明日《あした》から頑張るのみだ。

トアは両手で耳を塞ぎ、必死で眠る事に努めた。

――あたしはあなたを愛してたの。だから……。

まただ。また夢を見ている。

黒髪の女性は、闇の中で嗤《わら》っていた。

トアの位置からは表情は見えないが、女性の哄笑《こうしょう》が辺りに響き渡る。

苦しみも、恐怖も、悲しみも……あたし以外があなたを支配するのは赦《ゆる》さない。

――だから、心に鍵をかけてあげたのよ。

喜びも、幸せも、快楽も……あなたの心ごと全部あたしが奪ってあげる。

それが、あたしに愛なんていうつまらない感情を植え付けたあなたの罪。

罪を犯したら、罰を受けるのは当たり前の事でしょう？

あたしは当然の報いを与えただけ。

どうか恨まないでね、愛《いと》しいあなた。

そんな心も、今はもう残っていないでしょうけれど。

女性は踊るように、その場でくるくると回転しながら、両手を広げて嗤った。

一瞬だけ見えた金色の瞳は、闇以外のものを映してはいなかった。

体をゆさゆさと揺すられて目が覚めた。

目の前にはゼファーの顔があって、トアが口を開こうとすると、ゼファーは自分の口の前で人差し指を一本立ててみせる。声を出すなという意味だ。

ゼファーの視線を辿《たど》れば、そこには気持ちよさそうに眠る仲間の姿があった。

トアは頷《うなず》いて足音を殺しテントを出る。寝袋の中で温まった体が、冬の外気にさらされて一気に熱を失っていく。

日はとっくに変わっていた。

ゼファーは自分のテントに戻って行き、代わりに別のテントから、トアと同じように起こされたらしいエルイーズが出て来た。

「冷えるな」

「これ、かけてろ」

身震いしているトアに、葬園の寒さには慣れているらしいエルイーズは毛布を一枚投げて寄越した。毛布で肩からすっぽりと体を覆って、赤々と燃え上がる炎の前に腰を下ろす。

空に目をやれば、澄み切った空気の向こうに鏤《ちりば》められた星々が見えた。

エルイーズはたまに火に木の枝を放り込みながら、あくびを嚙《か》み殺している。

いったん立ち上がったエルイーズは、温めた葡萄《ぶどう》酒の入ったカップをトアに手渡すと隣に座り直した。

「……ずっと気になってたんだが、なんで王子を殴ったんだ、お前」

エルイーズは自分のカップに口を付けてから、トアに視線を寄越してくる。

「その前にひとついいか？　なんで僕が説明する前に罪の騎士のみんなは、その事を知ってたんだ？」

「ここへ送られてくる人間の罪状と身分を簡単にまとめた新人名簿が、前もって砦《とりで》に届くようになってる。元は墓守《はかもり》にのみ知らされる内容だったんだが、墓守不在の時期が続くとルールも変わってきてな。届いた書簡を身分に関係なく勝手に開いて中を確認すんのが習慣付いたんだよ。だからお前が王子をぶん殴ってここへ送られて来た貴族の坊ちゃんって事は、実際に会う前からみんな知ってて、これは団長──墓守に仕立て上げられるかもなって、画策したってわけだ」

そうだったのか、と呟《つぶや》いてトアは最初の質問の答えをエルイーズに返した。自分が王子を殴った理由を。

今思い出しても、いつの間にか握りしめた拳が怒りで震える。

エルイーズは「俺がお前だったら、一発じゃ済まねえぞ、それ」と言った後でしばらく黙った。

「……俺のも聞くか？」

エルイーズは正面を向いたまま、瞳に炎を映しながら、ぽつりと零《こぼ》した。

誰かに聞いてほしい。

エルイーズの姿がそんな風に見えて、トアは「ああ、聞かせてくれ」と返した。

「俺、これでも家柄は貴族なんだぜ。東方大陸の南部一帯を治める男爵家のご子息様ってやつだ」

東方大陸南部はとても豊沃《ほうよく》な平地がどこまでも広がる、温暖な気候の土地だと聞いた事がある。

「親父は、とにかく料理が大好きな人間だった。貴族の仕事なんかそっちのけで、まだガキだった俺を引っ張り回して、方々を旅して歩くような、俺のさらに上を行く料理馬鹿だったな」

父との思い出を語るエルイーズは、どこか楽しそうだ。きっと、父親の事を心から尊敬しているのだと思う。

「俺が八歳の時に旅先で立ち寄った遥か南の大国。そこの宮廷料理人に迎え入れられるほど、親父の腕は確かだった。ガキの頃から料理の基礎を叩《たた》き込まれてきた俺も親父に付いて王宮の厨房《ちゅうぼう》で下働きをする事になった」

葡萄酒の入ったカップに口を付けて、エルイーズは焚《た》き火の赤を映し込んだ瞳をわずかに伏せた。

「俺には十二も歳の離れた兄貴がいたから、実家の事はすべて長兄に押し付けて、親父と二人して揚々と城に向かったよ。似た者同士、思い切り料理に時間を費やせる環境にほいほい釣られたってわけだ」

エルイーズが零した笑みにはどこか寂しそうな、後悔にも似た色が滲《にじ》んでいるように思えた。

「好きな料理の事だけを一日考えてられる王宮暮らしは楽しかったよ。でも、俺が十三歳の時すべてが壊れた」

国王の料理に毒を盛ったという罪でエルイーズの父に斬首刑《ざんしゅ》が下ったらしい。エルイーズは極刑を免れ葬園送りにされる事となった。

本来ならば一緒に料理を作ったエルイーズにも同じ刑が言い渡されるところだったが、丁度アルサリス伯より、葬園に料理人が足りないという布達が届いていたために、まだ幼く死刑はあんまりだという周囲の声もあってエルイーズは命を繋げたのだった。

「俺の護送を買って出たのは、王国に来てからずっと本当の兄貴みたいに慕って来たラディスって名前の騎士だった。葬園に向かうある日の野営でラディスは俺に事の真相を教えてくれたよ」

エルイーズはずっと気付いていなかったが、エルイーズはその国の王子に妬まれていたのだと。歳も同じでどちらも恵まれた地位にいる人間だ。けれど王子は父親の愛情に飢えた孤独な少年だった。

対してエルイーズはいつも父と笑い合いながら、切磋琢磨《せっさたくま》し、好きな料理に打ち込んで、毎日楽しそうに暮らしている。

自分より身分の低い者が自分よりも幸せそうに笑っている。その事が王子は許容出来なかったのだという。

事件の二日前、エルイーズと父親は山へキノコを採りに行った。その事を知った王子は自分の親衛隊の一人に命じて、毒キノコを入手させた。それを国王の料理に混入したのだ。すでに毒味が済み、王が口にする直前に入れられたものなので、国王は毒キノコによって生死の境を彷徨《さまよ》う事となった。

自分の子供にも満足に愛情を注げない薄情な王は一命を取り留めると、エルイーズの父親に斬首を、そしてエルイーズには葬園行きを言い渡した。

「ラディスは俺に、逃げろと言った。今ならどこかへ逃げる事も可能だと。だが俺が逃げたら見張りに付いていたラディスに全責任が行く。俺は首を横に振って、葬園行きを受け入れた」

エルイーズは食事事情で疲弊し切っていた罪の騎士達を、父親譲りの剛腕で立ち直らせ、皆の信頼を得た。

ただなんの苦労もなかったわけではない。若いからと馬鹿にされ、戦う力がないからといじめられながら、それでも振り落とされまいとエルイーズは周りに必死にしがみつき今の居場所を作ってきたのだ。

「嘘《うそ》で人が殺せる」

ここは、ほんの出来心でついた小さな嘘ひとつで、簡単に人が死ぬ世界なんだと、エルイーズは言った。

「だから俺は、他人を傷付ける嘘をつく人間が許せない。それだけは、許せない」

たったひとつの、たった一言の嘘で人が殺せる。

その事を十三歳で知ってしまったエルイーズは、ずっと、ずっと、人間の嘘に怯《おび》えながら生きてきたのだろう。

トアは葡萄酒が入ったカップを両手で包み込む。

自分は今、エルイーズに嘘をついている。

女である事を隠して、男だと偽っている。

これはエルイーズが許容出来ない嘘に該当するだろうか。人を傷付ける嘘に。

トアは迷って、カップを地面に置いた。

エルイーズには本当の事を言うべきだ。嘘で散々傷付けられてきた彼に、嘘をつき通したくはない。

「あの、エルイーズ」

「どうした？」

「エルイーズに、ひとつ言わなきゃいけない事がある」

「なんだよ、改まって」

「……私、実は女なんだ」

エルイーズはトアの顔をまじまじと見詰めてから、手に持っていたカップを地面に落とした。

「……冗談か？」

「いや、本当に」

しばらくトアを見詰めたまま黙っていたが、地面に落ちたカップを拾いながらエルイーズは言う。

「それは言わなくてもよかったんじゃねえの。ここは女だって知られたら結構やばい場所だからな。というか、いいのかよ、俺みたいな男に明かしちまって」

エルイーズはトアの顎を指の先で持ち上げると、にやりと口角を上げる。

「食われちまうかもよ？」

トアはカァッと顔が熱くなるのを感じて、慌ててエルイーズの手を振り払う。

「エ、エルイーズはそんな事しない……！」

エルイーズはくっくと笑いを噛み殺して、火の前に手をかざした。

「まあなぁ。俺、食うんじゃなくて作るの専門の人間だから」

ちらりとエルイーズの横顔に目をやると、その表情は少しだけ嬉《うれ》しそうに見えた。

明かさなくてもいい嘘だったのかもしれない。

でも言ってよかったと思った。

信頼している人間には出来る限り本当の自分を知っていてほしいから。

「ああ、そうだ」

エルイーズは何かを思い付いたように、腰に提げた黒革の鞄《かばん》から手のひらサイズの包みを取り出してトアに手渡した。

「それ、アズリカに渡してくれ」

包みを軽く開いて中を確認すると木の実のクッキーが入っていた。

「俺からだって言うなよ。あくまでトアが俺から貰《もら》って、それをアズリカに分けてやる、みたいな雰囲気で渡せよ」

「なんで。エルイーズが渡してあげたらいいのに」

「俺の手から直接あいつが受け取るわけないだろ。血の涙流しながら断腸の思いで『いらねぇよ』って言うに決まってる」

まあ、それは確かに当たっている。実際に昨日の昼、そういうアズリカを見た。

「エルイーズはアズリカの事、ちゃんと思いやってるんだな」

「俺、別にあいつの事嫌いじゃねえよ。好きでもねえけど。あいつが勝手に敵視してくるだけだ」

前にゼファーが言っていた、エルイーズはアズリカを相手にしていないという言葉を思い出す。

だがエルイーズはアズリカに無関心というわけではなくて、ちゃんと考えてはいるが、必要以上に近付くとアズリカが機嫌を損ねるので適度な距離を保っているだけなのだ。

「エルイーズはお兄さん気質だ」

「俺、上にしか兄弟いねえけど」

「やっぱり世話のかかる罪の騎士の面倒を九年も見てたら養われるんじゃないか、そういう素質」

「むさくるしい男共に好かれても嬉しくねえな。どうせ好かれるなら女の方がいい」

言ってエルイーズはトアの頭の上にぽんと手を置いた。

トアがおたおたしていると、エルイーズは椅子代わりにしていた石から腰をあげる。

「見張り交代の時間だ」

話していたら一時間など、あっという間だ。

トアもその場に立ち、次の見張りであるエリッツを起こしにテントに向かう。

「トア」

別のテントの方へ向かっていたエルイーズがこちらに振り向いた。

「当主と出来てんのか、お前？」

突然何を言い出すのかと、トアは焦って声を荒らげた。

「そんな訳ないだろ！」

「そうか、ならいい」

エルイーズは笑みを浮かべて、次の見張りである騎士のテントへ入って行った。

「ならいい」とは、どういう意味だったのかトアは考える。

キルエリッヒ家は教会との関係が深い家系だと聞いた。

そんな家の人間が罪人と深い関係になれば色々と問題があるだろう。きっとエルイーズは、そういう意味で言ったのだ。

別のテントで寝ていたエリッツを起こし自分のテントに戻ると、いつの間に起きていたのかロキが「見張り、ご苦労だったな」と声をかけてきた。テント内で起きているのは今、トアとロキの二人だけだ。

「また、眠れなかったんですか？　それともクインシーのいびきで起きました？」

他の仲間を起こさないように、静かな声でロキに話しかける。とはいっても、よほど疲れているのか、クインシーと他の騎士のいびきと寝言でこちらの声がかき消されそうではあったが。

「少しは寝たが、例の夢を見て目が覚めた」

トアはその場に腰をおろして、向かい側のロキを見やる。ランプの灯《あか》りに照らされた目の下の隈《くま》はまだ完全には消えない。

「しっかり休まないと体に障りますよ」

「お前もだ、トア」

いつもと同じ感情のない平淡な声だが、こうしてロキなりに心配の言葉をかけてくれるのは素直に嬉しかった。

「この盛大ないびきの中で熟睡出来ます？」

「可能だろう。こいつをテントの外へ運び出せば」

「凍死しますからね、それ……」

ロキが本気で言っているのか冗談なのか、彼の無表情と感情のこもっていない声からは判断がつかない。

ただ、ロキと話をしていると、時たま言葉の奥に込められた『思い』のようなものを感じる事がある。

トアはさっき見た夢を思い出した。

あの女性が魔女だとするなら、愛する人の心に鍵をかけたと言っていた。

トアが見せられている夢自体が魔女のまやかしである可能性は否定出来ないが、あの夢の内容をそのまま信じるのなら、ロキが感情を露《あら》わに出来ないのは呪いのせいという事になるのだろう。

呪いのせいだと考えれば、時に人形と間違われるようなロキの生き方にも納得がいく。

「もう一度寝てみる事にする。お前もしっかり休め」

ロキの言葉に頷《うなず》いて、トアは寝袋の中に体を潜り込ませる。

トアはロキが小さな寝息を立て始めたのを確認し、自身もぎゅっと目を閉じた。ついでに耳を塞ぐのも忘れない。

とにかく、今はただやるべき事を全力でこなすだけだ。

たった三日だが同じ屋根の下で生活し、同じ空の下で語り合ったロキは、トアにとってはもう友人の一人なのだから。

焚《た》き火を囲んでの朝食の席で、トアは昨日エルイーズに渡されたクッキーの包みを思いだし、アズリカに手渡した。

アズリカは目を見開いた後に、本当に申し訳なさそうに頭を垂れる。

「すまない。もう代わりにやれるものがない」

「いや、何もいらないから。湿気《しけ》る前に食べてくれ」

「トア、お前いい奴だな。困った事があったら言ってくれ、力になる」

いとも簡単に菓子に釣られるアズリカを見て不安を覚える。

菓子を目の前に出されたら、誰にでもついて行ってしまうんじゃないだろうか、この人は。

朝食を終えた面々は、各々スコップを持ち、ロキの指示に従って墓石のある場所を掘り始める。

カイルがロキに対して「何を探せばいいんですか？」と質問したが、ロキは質問には答えなかった。カイルの隣に立っていたクインシーが軽く肘《ひじ》を当てて「馬鹿野郎、『心』に決まってんだろ」と小声で言うのが聞こえた。ロキの事情を知っているトアとしては複雑な心境だ。

全員がロキの命令通り指定位置に立つ。改めて皆の位置を確認してみると、どうやら五《ご》芒星《ぼうせい》に似た形のものをふたつ同時に描いていくイメージで間違いなさそうだ。

大きさとしては半径二メートルほどだが、小石や砂利が交じり、枯れた木の根が絡んだ地面を掘るのはかなりの重労働になるだろう。加えて使うのは割金《わりがね》を混ぜて硬度を調整しているものの柔らかい銀のスコップなので、予備が用意されているとはいえむやみに破損させないよう気を遣う必要もある。

キニーの首と呼称される区域だけで途方もない広さを持っており、騎士仲間に聞いた話ではこの区域内にある墓の数だけで優に数千は超えるという。

そこから目当ての小さな石の欠片《かけら》……しかも、もしかしたら今まで通用していた手段では探し出せない物を見つけ出すなど、考えただけでも気が遠くなる話だ。

トアは気合いを入れて、スコップを持つ手に力を込める。

その気の遠くなるような作業に全力で立ち向かうと、昨夜心に固く誓ったのだ。

しかしゼファーとアズリカは、なぜかスコップを手にしなかった。

ゼファーいわく「私は神父なので墓を暴くなんて罰当たりな事は出来ません。あなた達はしっかり働いてくださいね」と神を信じてもいないくせに言ってのけ。

アズリカいわく「僕は医術師だからな、土いじりなんて不衛生な事はしない。誰かの腰がぎっくりいったら治してやるよ。そのために待機だ」らしい。

ロキよりも居丈高なのはどうしたものだろう。

まあ、最初から二人の力は当てにしていなかった。服が汚れる下っ端仕事なんて二人の天敵みたいなものだ。

銀のスコップを手に懸命に指定位置の墓を掘り返す作業を繰り返す。掘る深さとしては数十センチなので、厳密にはゼファーが言うような墓暴きにはなっていないと思いたい。

スコップを持つ力の入れ方にまだ無駄があるのか、隣で軽々と土を掘り起こすロキに比べてトアの動きは鈍い。

手にも早速マメが出来て、トアは痛みに顔をしかめながら発掘作業を続けた。

マメが破れ手のひらに痛みが走る。布を巻いてスコップを握り続けるが、布に血が滲《にじ》んだところで、横合いからいきなりスコップを奪い取られた。顔を横に向けると、そこには仏頂面のアズリカが立っていた。

「その手じゃ無理だ。力の使い方がへたくそなんだよ、ばぁか。僕が代わりにやるから休んでろ。手はゼファーに手当てしてもらえ」

そのままアズリカはトアから奪ったスコップで黙々と土を掘り始めた。

口は悪いが、天邪鬼《あまのじゃく》と言おうか、本当は人の事を思いやれる優しい人間だ。

急にやる事がなくなってしばらくその場に突っ立っていたトアに、馬車の荷台に腰掛けたゼファーがおいでおいでをしている。近付くとトアの両手を取って「これはひどい」と、わずかに顔をしかめた。

ゼファーは血の滲んだ布を丁寧にほどくと、トアの手のひらに自分の手のひらを重ねるようにして手を合わせて来る。

何をしているのだろうと思ったら、手のひらにじんわりと心地のいい熱が伝わるのを感じた。人の温《ぬく》もりとかそういうのとは違う。

(この感じ、どこかで……)

記憶を辿《たど》り、それが首に烙印《らくいん》を押された後のアズリカの治癒魔法の温度と同じである事に気付いた。

「墓掘りしか仕事がないくせに墓掘りもまともに出来ないんですかね、罪の騎士団員は。治癒魔法を使い続けたせいで疲労中のアズリカに代わって私が治してあげたんですよ、死ぬほど感謝なさい」

ゼファーが手を離すと、トアの手はマメが潰れた痕こそあるものの、痛みは完全に消え、血も止まっていた。

「すごいな……ゼファーも医術師の称号を持ってるのか？」

「いいえ。持たずに使っているので違法です」

さすが暗黒神父。彼の辞書の中に道徳という言葉はないに違いない。

「必要だったので学びました。けれど私には医学院に通うような金も余裕もなかったので」

どこも悲壮ぶったところのない、自然と吐き出された言葉だ。

けれどゼファーは目を少しだけ細めて、それはまるで遠い昔を見ているようにトアを素通りする。

「ゼファーは、どうして毒薬や呪具を売ったりしたんだ？」

「聞きたいです？　つまらない話ですけど」

ゼファーは荷台の上で脚を組み替えて、トアにも隣へ座るように言った。

「私は貧しい家に生まれました。弟妹《きょうだい》だけは多く、貧しくとも笑いの絶えない家でしたが、流行病や飢饉《ききん》などで、私が十二の歳には父以外の家族は皆死んでしまった。祈ったんですよ、懸命に。病床に伏せる母や弟妹達のために、私は毎日神に祈りを捧《ささ》げた。けれどその願いはただの一度も聞き届けてはもらえなかった」

それが、ゼファーが神を信じられなくなった理由なのだ。

何度もすがり、何度も裏切られ、傷付いたゼファーの心は、信じるという行為に疲れ果ててしまったのだろう。

「父は私を連れて、友人から託されたという小さな町教会で暮らし始めました。そこには身寄りのない子供達が何人かいて、私と父は自分達が食べるものもないのに、彼らのため惨めに地面に伏せながら町人から施しを受け、その日のわずかな食料を調達するような生活を強いられた。父は毎日、我らを救ってくださいと神に祈っていた」

我が父親ながら愚かでしょう、とゼファーは笑い捨てた。

「そんな父も私が十五歳の冬に病でこの世を去りました。ちゃんと治療していれば治る病だったんです。けれど私達にはそんな金はなかった。その時わかったんですよ。私達を救ってくれるのは神の手なんかじゃない。どんなに汚い事をしてでも、この手に掴《つか》んだ金だけなんだと」

教会の地下には、薬草学や白魔術に関する本が沢山保管された書庫があったらしい。治癒魔法も蔵書の中から独学で学んだそうだ。

我流なのでアズリカほど効果のある力は使えないのだとゼファーは言った。

薬草学や白魔術は、究めようとすればその逆である毒草や黒魔術に関する知識が自然とたまっていくものである。

ゼファーは違法である毒薬や呪具を作り、盗賊や、もぐりの魔術師達に売り払い大金を手に入れた。

「その金で、子供達の腹は満たされ、寒さをしのぐ服も買い与える事が出来た。私は証明したつもりでいました。結局どんな綺麗事《きれいごと》を並べようと、貧しい人間を救う手段に金に勝るものなどないのだと。けれど——」

ゼファーは短く嘆息した。

普段、表に感情を覗《のぞ》かせる事の少ないゼファーだが、珍しく彼は眉間に苦悶《くもん》のしわを刻んでいる。

「足が付いて、私は葬園送りになりました。あの教会にいた子供達が今どんな生活を強いられているのか、生きているのかすらわからない場所で、私は今でも神に祈る事を放棄して、自分が正しかったのだと自分に言い聞かせながら後悔の道を歩んでいるんです……とんだ笑い種《ぐさ》だ」

笑い捨てて、ゼファーは小さく首を左右に振った。

ゼファーが汚いものを異常に嫌うのはただの潔癖症だと思っていた。けれどもしかしたら、それは過去に汚れた自分の手を後悔して、嫌って、許す事が出来ずにいる表れなのではないか。

どう声をかけたらいいのかわからず、口を引き結んで隣に座っているだけのトアを見て
ゼファーは鼻で笑った。

「まあ、王子の横面ぶん殴って飛ばされて来た、あなたの経歴よりは笑えないかもしれないですけど」

「やっぱりゼファーってそういう人間だよな安心した」

「おや、どういう意味です？　失礼な意味だったら手のひらに毒薬塗り込みますよ」

「ごめんなさい本当にごめんなさい」

「この話をしたのは、あなたが初めてです。他言したら呪いますからね」

「墓の下まで持って行きます……」

ゼファーは一瞬、とても優しい笑みを浮かべて荷台から軽く飛び降りた。

「さて、あそこに見えるグランギニョールでも昇天させてきますか」

「あ、ゼファー。もうひとつ聞いてもいいか？」

「なんです？」

振り向いたゼファーの顔に、さきほど一瞬だけ見せた天使のような微笑みはもうなかった。いつもの傲岸《ごうがん》な顔付きだ。

「今でも毒薬や呪具を作り続けているのはなぜだ？」

「娯楽です」

颯爽《さっそう》と遠ざかって行くゼファーの背中を見送りつつ、トアは引きつった笑みを浮かべた。

「待て、掘るなッ!!」

突然エルイーズの叫び声が聞こえて、トアは驚いてそちらの方へ駆ける。

「どうしたんだ?」

「いや、なんかこいつがいきなり掘るなって……」

戸惑ったように、クインシーが地面に這《は》いつくばっているエルイーズを指差した。

「これは……間違いねえ、世間一般では数百年前に絶滅したと言われてる幻の樹木、リークハルトの幼木だ。こうやって葉を茂らせるまで土の中で成長してから地表に顔を出す珍しい木なんだよ」

エルイーズの言葉を聞いて、今度はアズリカがスコップを投げ出し地面に這いつくばる。浅く抉《えぐ》られた地面の奥で小さな木が芽吹いているのが見えた。茶色に近い葉をまばらにつけているが、話を聞くに枯れている訳ではないようだ。

リークハルトの幼木を見る二人の目は、まるで新しいおもちゃを手に入れた子供のように純粋な光を宿して輝いていた。

「これ、そんなにすごいものなのか?」

「リークハルトの皮は高級な黒コショウをはるかに上回る最高の香辛料になる」

「この木の根っ子は古より、今では歴史上から姿を消した神薬を作るのに使われてたんだ」

「いいか、みんな動くなよ？　この木は根っ子を傷付けたらすぐに枯れちまうデリケートな植物なんだ。根っ子ごと掘り起こして砦《とりで》の中庭に移植する」

エルイーズは今まで持っていた両手で扱う大きなスコップを手放し、片手で使える小さなスコップを馬車の荷台から取り出して来た。アズリカにも手伝わせる気らしく、手には二本のスコップが握られている。

よほど目の前の木が重要なものらしく、アズリカは無言でスコップを受け取ると「俺が右側を掘るからお前は左から攻めてくれ」というエルイーズの指示にも文句を言わずに真顔で頷《うなず》いている。

まさかエルイーズとアズリカが手を組む日がくるなんて。両手持ちのスコップを手に呆《ぼう》然《ぜん》と立ちすくむ騎士達も同じ事を考えているようで、二人の姿を信じられないものを見るような目で見詰めている。

「どうしたんです、静まり返って」

グランギニョールの昇天を終えたらしいゼファーが、対象を殴りすぎて少し丸みを帯びたように見える聖書の角を布きれで拭いながら戻って来た。

「いや、なんか幻のリークハルトとかいう幼木を見付けたらしくて」

「なんですって!?」

ゼファーが大声を出すところなど見た事がないので、トアはビクッと肩を震わせた。

「リークハルトの葉は、至高の神茶と言われる幻の茶の原料となるものです。こうしてはいられない、私にもスコップを」

自分で取りに行けよ、とその場の全員が考えたと思うが、ゼファーが「早くしないと呪《じゅ》詛《そ》を聞かせますよ!」と怒鳴ったのでトアが代表してスコップを取りに荷馬車へ走った。

トアの手からスコップを受け取ったゼファーの顔付きが変わる。あれだけ土に汚れる事を嫌がっていたゼファーだが、わずかに緊張が滲《にじ》む真剣な面持ちで地面に張り付き、細心の注意を払いながら根っ子を傷付けないように、少しずつ掘り進めている。

「あの三人は変わっているな」

ぼそっと言葉を吐いて、ロキは別の地面にスコップを入れた。

半ば呆然としていたトア達も、三人の手助けは出来そうにないので、ロキに指定された場所の発掘作業を再開する事にした。

三人の集中力はすごいもので、両手持ちのスコップで十人体制で地面を掘っていたトア達に負けず劣らずの速さで掘り進め、昼近くにはすでに三人の姿は地面の窪《くぼ》みに沈んでいた。

「腹減ったなあ」

クインシーが聞こえよがしに、エルイーズ達の穴を覗き込みながら言った。けれど当のエルイーズはほとんど落とし穴のような深さになった穴の底で、土まみれになりながら発掘作業に必死だ。

もう半分くらいは露《あら》わになっているのだろうか？

リークハルトの根はかなり深いらしく、掘っても掘っても終わりが見えそうにない。

「これ、いつまで続けるんだろ」

穴を覗き込みながら不安そうに呟《つぶや》いたエリッツの腹が、きゅるぅっと可愛らしい音を立てた。

いつの間にか全員が穴の縁に集まって、取り憑《つ》かれたように土を掘り続ける三人の姿を見下ろしていた。

そんな中、ロキがさらりと怖い事を言う。

「あいつらの上から土を被《かぶ》せれば気付くんじゃないか」

「死んじゃいますよそれ、駄目ですよ絶対！」

「では、水を流し込む」

「荷馬車に積んでるの、飲み水ですからね！　というか拷問の事ばかり考えないでください！」

ことごとくトアに突っ込まれてロキは黙ってしまった。機嫌を悪くしたのかそうでないのか、表情だけでは読み取れない。

それにしても、本当に腹が減った。分厚い灰色の雲からめずらしく顔を覗かせた太陽は、わずかに西側の空へ傾いている。

はぁ～……とロキ以外の全員の長大息が重なった時、異変が起きた。

地面が、揺れている？

「地震？」

トアの問いに誰かが返事をするよりも早く、大きな揺れは足元の地面を崩して土の中にトア達を呑《の》み込んだ——。

五章　黒薔薇の呪い

Redheaded Toa and the Knights of Sin

喜んでほしかったのよ、ただ、あなたに。
でもあたしには、その方法がわからなかった。
一生懸命やったわ。でも、あたしがする事はいつだって空回り。
仕方ないわよね。だってあたしは……出来損ない。

――暗闇の中、地面に倒れている男の上に黒髪の女性が手をかざす。男が息をしていない事は、トアの位置からでもわかった。

男の体がびくんっと大きく震える。全身に電気が走ったかのように一瞬硬直した後で、男はその場にゆっくりと起き上がった。

おそらく彼女は、こうして何体ものグランギニョールを作り出していたのだろう。

ここまで見せられれば、夢の中の女性が魔女と同一人物である事はもはや疑いないが、最初の頃に彼女が見せていた弱々しい姿と、話に聞く魔女像との懸隔の理由は未《いま》だにはっきりしないままだ。

魔女は泣いても笑ってもいない。ただ無表情で、同じく表情のない男の顔を見返している。

「お前だけね。あたしの側にいてくれるのは」

一際よく闇に響いた魔女の言葉に、男はなんの反応も示さなかった。

当たり前だ、グランギニョールである彼には心などないのだから。

「──憎いわ。心が憎い。心さえなければ、あたしは……」

……──名前を呼ばれている気がする。

誰かに軽く頬を打たれて薄《うっす》らと目を開けると、心配そうに覗《のぞ》き込んでいる仲間の姿が映り込んだ。節々が痛む体をゆっくりと起こす。

「いつまで寝てんだよ、心配すんじゃねえか」

安堵《あんど》のためだろうか、エルイーズが長い息を吐いて地面にどかっと腰を下ろす。それで気付いた。地面が、石で出来ている。

まだ少しぼやけている頭を巡らせて周りの景色を見やると、明らかに人の手で造られた石の壁に囲まれていた。

そうだ、確か大きな地震が起きて、呑み込まれたのだった。その場に全員が無事でいる事を確認して、トアはほっと息を吐く。

「さっきのあれ、地震じゃないからな」

全身が土で汚れたクインシーが恨めしそうな目でゼファー達を見やった。

「リークハルトの根の下にこの地下墓地があったんだよ。気付かずに掘り過ぎて崩落したってわけ」

騎士の一人の言葉に顔を上に向ければ、はるか上方に光の差し込む穴が見えた。かなり深いところまで落とされたようだ。

穴の縁にはリークハルトと思《おぼ》しき木の根が縦横に絡みつき、垂れ下がっている。トアが気を失っていた場所にも、枯れた根が褥《しとね》のように敷き詰められていた。これだけの高さを落下したのに全員が無事だったのは、リークハルトの根に助けられたからだろう。

もともと地下墓地の天井は高く造られていたらしく、どうあがいても落ちて来た穴から這い上がる事は出来そうにない。

「いい迷惑だよ。結局リークハルトとかいう木は駄目になったみてえだし」

当てこすりのように騎士の一人が口にすると、即座にエルイーズのローキックが騎士の向《む》こう脛《ずね》を打ち、ゼファーの聖書の角が頭頂に振り下ろされ、アズリカの往復ビンタが騎士の頬を赤く腫れあがらせた。

「おい、何するんだよ、かわいそうだろ！」

後ればせながらトアが庇《かば》い立てすると、三人はふんっと鼻を鳴らしてそっぽを向いた。リークハルトを手に出来なかった事が相当心の傷になっているらしい。今後この件には触れない方がよさそうだ。

とりあえず、いつまでもこの場所に留《とど》まっているわけにはいかない。なんとか地上へ上がる手段を見付けなければ最悪、この中で飢え死にという事もあり得る。

幸い何があるかわからない葬園へ向かうのだからと、たいまつはずっと腰に提げていた。油を染み込ませた布を丈夫な木の棒に巻いたもっとも一般的な物だ。

火打石と打ち金で起こした火種をたいまつに移すと、炎に照らされて辺りがくっきりと視界に浮かび上がった。

かなり古い石の壁は所々がひび割れており心許《こころもと》ない。分かれ道のようなものはなく、向かう方向は前に続く横幅二メートルほどの一本道だけだ。

たいまつの火を改めてじっくり見てみても、出口を示すような風の流れは確認出来なかった。

「貸せ」

横合いからロキにたいまつを奪い取られる。トアはたいまつの灯《あか》りに照らされたロキの横顔を見上げた。

「返してください、ロキ様。何があるかわかりません、先頭は危険です」

「だから、私が先に立つ」

有無を言わせぬ物言いに、トアは押し黙るしかなかった。

表情にも言葉にも一切の感情を滲ませないのに、上に立つ者の威厳といえばいいのか、ロキの言動には相手を納得させるだけの力がある。

せめてロキに危険が及ばないようにと、トアはいつでも剣を引き抜けるように準備して彼の後に従った。

「高貴な人間の墓所だったんでしょうか。かなり手の込んだ造りですね。この石なんて切り出して組み立てるのに相当の労力が必要だったと思いますよ」

ゼファーは通路を形成する石を指でなぞりながら感心したように言葉をもらした。

全方位の壁や床は、それぞれが巨大な長方形の石を積み重ねたり繋《つな》げたりして作ったものので、どれほどの歳月と人力を投じたのか、考えただけで畏敬の念が込み上げてくる。

どのくらいの時間が経《た》っただろうか。

歩けども歩けども、終わりの見えない底なしの地下墓地に、みんなの不安が高まっていくのを感じる。

その中でもロキに加え、変人代表の三人はさすがというもので、肝が据わっているというか図太いというか、少しも焦った様子を見せない。

そういう余裕が他の騎士達にも伝わるらしく、なんとか弱音を吐かずに保っていられるといった状態だ。

視界は突然開けた。

延々と続くかと思われた通路の先は、十数メートル四方の四角い石室に繋がっていた。

ロキがたいまつを高く掲げると、部屋の奥の方がおぼろげに照らし出される。どうやらここで行き止まりのようだ。

「この部屋、何もなさそうだな」

ロキは言いながら一歩足を踏み出そうとして、やめた。

トアにもすぐにわかった。部屋の空気が、ぴんと張りつめたのだ。

トアが腰の剣を引き抜いたのを見て、騎士達の顔にも緊張が走る。

かちゃり、と各々が武器を手にする音が石室に響いた直後、数百年間の闇を溜《た》め込んだかのような暗い部屋の隅に、ゆらりと影のように人の形が揺れるのが見えた。

ゆっくりと近付いて来るいくつもの人影。十数人は居るだろうか。

ようやくたいまつの灯りが届く範囲に、一人だけ際立って見える姿を確認して、トアははっと息をのんだ。

プラチナブロンドに薄葡萄色《ぶどういろ》の瞳を持つ青年――。

それは、キルエリッヒ家初代当主のヴェルクスだった。

キルエリッヒ城に飾られていた肖像画と瓜二《うりふた》つの彼は、白銀の剣を携え、静かな面持ちでこちらを見据えている。

隣で剣を引き抜く音がした。前方に意識を集中しつつ、ちらりと横目で見やれば、ロキが黒い長剣を手にまっすぐヴェルクスの視線を受け止めている。

「待ちくたびれたわぁ。本当にあなたの一族って先祖代々無能なのねぇ」

緊迫した空気を割るように、甲高い女の笑い声が辺りに響き渡る。

声の主を探して、トア達はくまなく周囲に視線を廻《めぐ》らせた。

ヴェルクス率いるグランギニョール達を掻《か》き分けて、その女は暗い闇の中から姿を現した。

長い黒髪に白磁のような白く滑らかな肌。唇は血のように赤く、楽し気に細められた双《そう》眸《ぼう》は仄暗《ほのぐら》い部屋の中でも美しく金色に輝いている。

幾度と夢の中で見てきた女性の姿に相違ない。だが彼女の顔に浮かんでいる嗜虐《しぎゃく》的な笑みは、夢の中で何度も見た儚《はかな》さと噛《か》み合わない。

剣を構えたトアの横で、他の者達も武器を握り直す。

「ちょっと、やめてちょうだいな。あたしは戦う力を持っていないのよ？　剣を向けるなんて野蛮だわ」

敵意をむき出しにする一行をさして気にした様子もなく、女は気だるげに一歩前に踏み出して、ロキに向けて仰々しい動作で一礼した。

「初めまして、ロキ。こうして実際に顔を合わせるのは初めてね。あたしが、三百年前にあなたの一族と徒《ただ》ならない契約を交わした魔女フリンツェルよ」

赤い唇に白い人差し指を当てて、魔女はくすりと笑ってみせる。

呪いの話を知っているのはロキとトアだけだ。突然、契約だなんだと言われても、他の者には意味がわからないだろう。

皆、戸惑った表情を浮かべている。

「よくここまで辿《たど》り着いたわ、偉いわよロキ。ちょっと時間がかかりすぎた気もするけれど……これでやっと、キルエリッヒ家三百年越しの悲願を果たせるかもしれない日が来たってわけ」

魔女は腰をくねらせるように一歩一歩こちらに近付いて来る。

警戒の色を濃くしたトア達に気付き、魔女は怪しげな笑みを浮かべて足を止めた。

「さあて、肝心の魔石の欠片《かけら》はどこにあるのかしら？　あなたの一族って本当におかしいわよねぇ。自分の子供や子孫を犠牲にして、一生土にまみれて、命を費やして死んでいく。とっても滑稽だわ」

口に手を当て、体を軽く逸《そ》らしたフリンツェルの嘲笑が部屋に響き渡る。

ロキはそれを黙って聞いていたが、魔女が笑うのをやめると一歩前に進み出て、ゆっくりと唇を動かした。

「……私の心には鍵がかかっている。だからお前に対して怒りも、抱いて当然の憎しみも感じない。もっとも私はそれらの感情がどういったものであるのか、聞いて理解したつもりになっているだけに過ぎないが」

魔女は表情を消して、ロキの言葉を黙って聞いている。

「だが、私はそれでいいと思っている。怒りや恨みの心に支配された人生など歩みたくはないからだ」

ロキの声は平淡だが、紡がれる言葉の重さにトアは胸が締め付けられる思いがした。

「魔女フリンツェル。今さらお前の生き方にとやかく口を出すつもりはない。ただ……なぜ、お前の心は死んでいる？　私と同じだ。お前が、幸せそうには見えない」

「知ったような口をきくんじゃないわよ、人間ごときが！」

魔女は目を吊り上げて、口調を荒らげた。触れられたくない部分だったのだろうか。かつて世界を相手取《と》った悪魔が、そんな細事に拘《こだわ》るとは思えないのだが。

「では、この話は終わりだ。最後の欠片はどこにある」

ロキは魔女に向けて言葉を発した。騎士の一人が「欠片ってなんだ？」と他の仲間に問いかけるが、この場でそれを知る者はロキとトアと魔女のみである。

魔女はロキにやる気のない視線を投げると、つまらなそうに小さく鼻を鳴らす。

「教える訳ないでしょう。自分で考えて？」

そう言って魔女は闇色のドレスの裾を翻し、くるりとトア達に背を向けた。

「あたしの騎士とあなたの騎士達、どちらが強いか見物ねえ。せいぜい頑張ってちょうだいな」

魔女が壁際に寄ると、ヴェルクスは剣を構え、それにならってグランギニョール達も戦闘態勢を取った。

辺りの空気が一気に張り詰める。

ここに集められたグランギニョール達は、いわば魔女の親衛隊に等しい存在だろう。

与えられた戦闘能力も、今まで遭遇したグランギニョールとは比べものにならないほど高いはずだ。

「なんかよくわかんねえが、戦うしかないみたいだな？」

隣に並んだエルイーズは牛刀を引き抜いて、準備運動とでも言うように首を鳴らした。

「おそらくこれが最後の戦いとなる。今までの騎士達にはなかった、お前達の生きようとする力の強さを信じて、私が……私達が戦う理由を話そう」

エルイーズの隣に並んだロキは前方の敵に注意を払いつつ、簡潔にキルエリッヒ家と魔女の契約について皆に説明した。

事実を聞いても大袈裟《おおげさ》に驚いたりする人間はいなかった。ただ、ロキや世界の命運が懸かっている事を知ると、戦闘意欲を掻き立てられたようで、全体の士気が高まったのを感じる。

理由も知らずに戦うのと、大義があって戦うのとでは過程も結果も変わるものだ。ロキは、生きる事に真摯《しんし》な騎士達の姿勢を見て、真相を話す事で彼らの戦意を高揚させられると読んだのだろう。

もちろんそれだけではなく、皆を信頼している証《あかし》として、一族の秘密を明かしたという理由もあっただろうが。

「へぇ、じゃあ俺達は卿《きょう》や世界を救う英雄になれるかもしれないって訳だ」

場の緊張を和らげるためか、クインシーが軽い口調で言った。誰も答えなかったが、かすかに空気が和んだ気がする。

絶対に、仲間を誰一人として死なせてなるものか。無論、ロキも救う。

トアは真っ直ぐに前を見据え、剣を握る手に力を込めた。


戦いは始めから苦境だった。

ここに配置されたグランギニョールは、やはり地上にいたものよりも全体的に能力が高いらしく、ゼファーの聖句もほとんど効果を見せない。

アズリカは傷を負った騎士達の治療に追われていた。

ここにいるメンバーで深い傷が治せる高位の治癒魔法が使えるのはアズリカだけだ。彼が倒れたら全員の命に関わる。

部屋の真ん中で皆の傷を手当てをしているアズリカを守るように、自然と陣形が組まれた。長引けば、治癒魔法を使い続けるアズリカにも多大な負担をかける事になってしまう。なんとか、出来るだけ早く決着を付けたい。

全員が全力で懸命に戦うが分は悪い。こちらの勝利条件は相手の心臓を狙う他なく、動き回る相手の急所としては的が小さく狙うのが難しい。

そんな中、一気に二、三体のグランギニョールを叩《たた》き切る事の出来るエルイーズの牛刀は目覚ましい活躍をみせた。

心臓以外の部分に攻撃を当ててもグランギニョールの致命傷にはならないが、動きを鈍らせる効果は充分にあるからだ。結果的に心臓を狙いやすくなる。

料理を作るのが専門の非戦闘員などと言っていたくせに、エルイーズの腕は確かで体力は底なしだった。

ロキの動きも一流で、いつも寝ぼけているような風をしているくせに、たくみに相手の攻撃を躱《かわ》して、前線で剣を振るっている。

彼の表情からは疲れも焦りも感じ取れないが、疲労は確実に彼の体を蝕《むしば》んでいるだろう。

ロキの顎から汗の雫《しずく》が流れ落ちるのが見えた。じりじりと追い詰められ、皆の疲弊し切った呼吸音がやけに大きく耳に届く。

トアの口から吐き出される呼吸も荒い。

アズリカを守るように組まれていた陣形も崩れ始め、トア達は少しずつ部屋の奥へ後退せざるを得なくなった。

その時、背後から怒号が響き渡った。

「許さんぞ、貴様ぁッ!!」

石室の空気を震わさんばかりのその声に、騎士が皆、一瞬動きを止めたほどだ。

驚いて背後を振り返ったトアの目には、地面の上に砕けた何かの破片の前で、拳をわなわなと震わせているアズリカの姿が映った。

目を凝らすと、地面に散らばった破片のような物がクッキーである事に気付く。

「僕の……僕のクッキーを、よくもォ……ッ!!」

おそらく混戦で地面に落ちてしまったクッキーの包みを誰かに踏まれたのだろう。

今のアズリカの顔を一言で言い表すなら、人間に百回くらい悪口を言われてブチ切れた大魔王——そんな感じだ。

「万死をもって償え、このクソ外道がァッ!!」

アズリカの迅速の拳と蹴りがグランギニョールの鳩尾《みぞおち》、額、こめかみ、目、首、膝、脛《すね》を目にもとまらぬ速さで打ち付け、最後に思い切り後ろに引いて力をためたパンチを横面に打ち込むと、グランギニョールの体は軽く数メートル吹っ飛んで地面に落ちた。

すごい、人体の急所ばかりを的確に狙っている。トアはたらりと頬を冷たい汗が伝うのを感じた。

というかあれはもう医術師の力ではない。

多分その場の全員が思った事だろう。

アズリカは菓子を食べている時以外は怖い、と。

あまりのアズリカの剣幕に、グランギニョールを除いて誰もその場を動けずにいた。

アズリカの怒りはまだ収まらないらしく、ぎろりと近くにいたグランギニョールを睨《にら》み据える。もう目が完全にイっている。

グランギニョールは恐怖を感じないらしく、剣をかざしてアズリカに襲いかかった。

トアは二人の間に体を滑り込ませ、グランギニョールの武器を剣で弾《はじ》く。返した剣でそのままグランギニョールの腕を落とした。

「アズリカ、下がっていろ。いくらアズリカでも素手で戦うのは危険だ」

先ほどグランギニョールを吹っ飛ばしたアズリカの力はすごいが、やはり素手ではリーチの面で危険が伴う。それにアズリカがやられるような事があれば、高度な治癒の術を使える者はこの中にはいないのだ。

アズリカの補佐に回ってくれているゼファーも治癒魔法が使えるとはいえ、深い傷までは治せない。しかも「治癒魔法の詠唱より、呪詛《じゅそ》の方が十倍速く唱えられるんですけどね……」などと零《こぼ》している。駄目だこいつは。

割れたクッキーを前に、歯を食いしばって必死で怒りを抑え込もうとしているアズリカにエルイーズが声をかけた。

「生きて帰れたら、メープルナッツクッキー山ほど焼いてやるよ……好きだろ、お前？」

アズリカの表情は、悪口を百回くらい言われた大魔王から一瞬にして、お花畑を飛び回っている妖精さんに変わった。

「ほ、本当か？　べ、別に僕はそれほどクッキーに執着してる訳じゃないんだが、そんなに焼きたいなら焼かせてやらない事もない……というか死なねぇぞ絶対絶対絶対」

あれだけ暴走しておいて今さらクッキー別にそんなに好きじゃないみたいな空気を漂わせつつ、アズリカの語尾にはどんな事をしてでも必ず生還してやるぞという強い意志が込められていた。

この世界に、クッキーひとつでこれほどまでにやる気をみなぎらせる男が他にいるだろうか。

アズリカは先ほどの接近戦で切れたらしい、血の滲《にじ》む右腕に布を巻き付け自分の仕事に専念し始めた。

この扱いづらい少年を操れるのは実はエルイーズだけなのでは、と思いながら、気を取り直してトア達はグランギニョールに向き直る。

グランギニョールの中には魔法を使ってくる者がいて、それが厄介だった。アズリカやゼファーなどの非戦闘員を守るように組んだ陣形を崩されてしまうのだ。出来るだけ優先して魔術を扱うグランギニョールの動きを封じるようにはしているが、大抵他のグランギニョールの陰に隠れて術を放ってくるため、こちらもうまく位置を保てない。

ロキとエルイーズはさすがといったところだが、今まで大した鍛錬をしてこなかった他の騎士達にとって、この状況は苦しいものに違いない。地面に片膝をつく者が多くなってきた。

それでも剣を手放さず、敵を睨み上げる意気はさすがと言うべきか。

「……ッ！」っと背後で、小さな呻《うめ》き声が聞こえ、トアはグランギニョールの一体を斬り伏せてから振り返った。

クインシーが額に玉の汗を浮かべながら荒い呼吸を繰り返している。顔色が青い。

「クインシー、どうしたんだ？」

グランギニョールに気を配りながらトアはクインシーのところまで後退《あとずさ》りする。クインシーは何も言わずに青白い顔のまま剣を構え続けているが、よく見れば彼の脇腹には血の滲んだ痕があり今も広がり続けている。

グランギニョールにやられたのだ。さっき何度か陣形を崩された時に、接近したグランギニョールに斬られたのだろう。

クインシーは歯を食いしばって耐えようとしているようだが、ついに小さく呻いてその場に頽《くずお》れた。

トアはグランギニョール達に注意を払いながらクインシーに駆け寄った。

彼の傷はかなり深いようだが、アズリカに視線をやれば他の騎士達の治療に追われていてこちらまで手が回りそうにない。

どうしようかと考えて、トアは以前アズリカにもらった薬の存在を思い出す。

腰の鞄《かばん》から小瓶を取り出し、剣を床に置いてクインシーの口元へ運んだ。

「これを飲むんだ、クインシー」

自力で口を動かす事すら困難なほど瀕死《ひんし》のクインシーの体を助け起こし、口の端から瓶の中身を流し込む。

クインシーの喉がごくりと鳴り、瓶の中身を少しずつ飲み込んでいく。

薬の効果はかなりのもので、飲んだ瞬間からクインシーの顔色は見る間に良くなっていった。ほっと心を落ち着けたトアだったが、目の前のクインシーの表情が険しくなる。

「後ろだ……！」

クインシーが言葉を発したのと同時に、床に置いた剣に手を伸ばしながら振り返る。目の前に錆《さ》びた剣を大きく振りかぶるグランギニョールの姿があった。

——間に合わない。

そう思った瞬間、トアとグランギニョールの間に体を割り込ませてきた人影に視界を遮られる。

しゅっと、何かを裂く音が耳に響いた。トアを守った人影は、ゆっくりとその場に膝をつく。

「ロキ様……！」

トアを庇《かば》った人影――ロキは背中で大きく息をついている。

地面にぽたぽたと血の滴が落ちた。彼はそれでもまだ立とうとしているのか、体に力を込めたのがわかった。

すぐにゼファーが駆け寄り、他の騎士の治療で忙しいアズリカの代わりにロキの傷へ応急処置の治癒魔法を施す。

「……勝ち目がありませんね」

誰もがどこかで考えていながらも、士気が落ちる事を懸念して口に出来なかった言葉を、あっさりとゼファーが吐き出した。

エルイーズは何も答えずに大きく一歩を踏み出し、牛刀を大きく振りかぶると二体のグランギニョールに斬撃《ざんげき》を加える。

引く間際に、ヴェルクスの顔を持つグランギニョールの剣先がエルイーズの腕を切り裂く。小さく呻いて構え直したエルイーズの腕から床に血が滴った。

「弱音を吐くんじゃねえよ。俺達はまだ戦える」

エルイーズはヴェルクスを睨み据えたまま言葉を吐き捨てた。

トアは周囲を見渡す。

この中でなんとか戦いを続行出来そうな人間はロキ、エルイーズ、ゼファー、アズリカ、そして、先からの戦いでかなり消耗しているものの、運良くほぼ無傷のトアの五人のみだ。

他の騎士達は、壁際に寄って気を失っているか、アズリカの治療を受けている瀕死の騎士のみ。彼らはもう戦えそうにない。薬で治癒したクインシーも、自力で立つには時間を要しそうだ。

皆の奮闘で敵の数は減り、相対するのはヴェルクスのみである。

魔女は離れた場所で壁際に立ち、愉《たの》しそうに戦いの行く末を見守っている。戦う力がない、と言っていたのは本当のようで、魔女が加担してくる心配はなさそうだ。

問題はやはりヴェルクスだろう。彼の戦闘能力が異常に高く、ロキやエルイーズの力をもってしても太刀打ち出来ないというのが現状だ。

トアも剣の腕にはそれなりに自信があるが、ヴェルクスを討つ力がない事くらいは自分でわかる。

それでも、やるしかない。自分と仲間が生きて帰るには、不可能だろうがなんだろうが、目の前の壁を越える他ないのだから。

トアは剣を握り直し、ヴェルクスに真っ向から対峙《たいじ》する。

ヴェルクスの濁った瞳がトアを捉えた。

「……我らの栄光は常に、立ち向かい切り開いた先に必ずあるものだ。皆の胸に勇気がある限り、その道は決して閉ざされはしないだろう」

自分に言い聞かせるように、トアはシェルクライン王立騎士団の初代団長が遺《のこ》した言葉を口にする。

背後で、仲間達がはっと息を呑《の》むのがわかった。

「弱気になっている軟弱者には、お誂《あつら》え向きな言葉ですね。ところで……私がいつ弱音を吐いたんです？　正攻法じゃ勝ち目がないって言ったんですよ」

不遜な声音と共にその場に立ち上がったゼファーは、手にしていた本を広げ呪文のような言葉を早口で紡いだ。

本が淡く紫色に発光し、自然に破れたページ達が木の葉のように部屋中に舞った。同時に地面を走る光の筋が見る間に複雑な図形を形成していき、ヴェルクスを囲うようにして正方形の魔法陣が出来上がった。

表情を変えた魔女の前で、自身の手をナイフの先で切って見せるゼファー。ひとしずくの血が魔法陣に落ちると、途端に吐き気を催すほどの強烈な邪気が部屋中を満たす。

ロキ、エルイーズ、アズリカ、ゼファーがその場にがくんと膝をつく。

なんとか立ち上がろうと歯を食いしばっているが、彼らの額に浮かんだ玉の汗を見ていると、現状維持だけで精一杯のようだ。

一体、何が起きたというのか。

状況を理解出来ずにいると、食いしばった歯の隙間からゼファーが苦しげに声を漏らす。

「今のうちに、彼を……長くは、持ちません……！」

ヴェルクスに目をやれば、煙のような無数の黒い手が足に絡みつき、思うように身動き出来ないようだ。

油断は禁物だが、この負担条件があればトアにも勝ち目があるかもしれない。

どんな手段を用いたのかはわからないが、ゼファーはこのチャンスを生み出すためになんらかの大技を使ってくれたのだ。……許可なくロキ達まで魔法陣に組み込んで。

トアはヴェルクスに向けて駆けた。この戦機を逃せばおそらくもう次のチャンスは巡ってこないだろう。

相手の間合いに踏み込み、剣を横に一閃《いっせん》させる。簡単に弾《はじ》かれたが、こちらも小手調べのつもりだ。

思った通り、ヴェルクスの剣戟《けんげき》にはそれほど重さがない。

両足を拘束されているせいで、その場から動けないだけでなく、体と力の均衡にまで影響が出ているらしい。ようするに戦闘能力が半減している。

トアは繰り出された剣を後ろに飛び退いて躱《かわ》すと、相手の剣先を横に弾く。着地と同時に身を低くして構え、再び相手の間合いに踏み込み、下から掬《すく》い上げるようにして一撃を繰り出した。

ヴェルクスは軽く上体を反らして避け、体勢を戻すと同時に、依然として低い位置で構えたままのトアの頭部目掛けて剣を振り下ろしてきた。

トアは体を回転させて剣戟を避ける。力一杯振り下ろされたヴェルクスの剣はトアを捉え損ねて空振りし、思い切り石畳を割った。

地面に剣を弾かれた反動で一瞬だけヴェルクスの体勢が崩れる。

この瞬間を待っていたのだ。

いくら当主の顔を持っていようと相手はグランギニョール――心を持たない人形だ。

彼らと戦っていて感じた事だが、戦闘能力がいくら高くとも『目の前の敵を殲滅《せんめつ》するまで戦い続ける』行動に重きが置かれたグランギニョールは、相手の心や策までは計れない。

小柄なトアが低い位置で構えていたら、少し考えの及ぶ人間であれば追撃後に自身の体勢が不安定になる事が想像出来るだろう。

加えて相手は蹴りで場を凌《しの》ぐ事も制限されている。普通だったら慎重になって、無理な攻撃は繰り出さない。

だが、敵の殲滅のみを重視しているグランギニョール達の動きを見て、彼らはそこまで考えが及ばないのではないかと思ったのだ。

案の定ヴェルクスは、人間相手では決して使えないようなトアの下策に簡単に乗ってきてくれた。

ヴェルクスほどの戦闘能力を持っていたら、足が拘束されてでもいない限り、すぐに立ち直されてこちらがやられていただろう。

本能で動くグランギニョールの特性。

ゼファーと皆が生み出してくれたチャンス。

普通の戦いであれば不利にしかならない自分の小柄な体形。

どれかの要素が欠けていたら、この勝機は巡ってこなかった。

ヴェルクスの背後に回り込んだトアは思い切り回し蹴りを叩《たた》き込み、相手がバランスを崩して膝をついた瞬間、迷いなく突き出した剣で心臓を貫いた。

人間の死体を元に作られている彼から、血が流れる事はない。

その場に力なく頽《くずお》れるヴェルクス。同時に黒霧の手と地面に敷かれていた魔法陣が蒸発するように消え失《う》せた。

ロキ達は荒い息を繰り返しながら無言でゼファーを睨《にら》み付けた。

「流れた血を見て、咄嗟《とっさ》に、一時的な契約に使えそうだと、思い付きましたが……さすがに、高位の悪魔召喚は……きついですね」

ゼファーは額の汗を拭いながら、乱れた呼吸を整えている。よほど無理をして力を使ってくれたらしい。

ヴェルクスの動きを封じる代わりに、自分達の血を対価に差し出したという事か。

悪魔召喚は決して褒められた行為ではないが、ゼファーの機転がなければ勝てなかったのは事実だ。

辺りに立ち込めていた高濃度の瘴気《しょうき》が綺麗《きれい》に消えた事から考えても、悪魔も問題なく召還出来たのだろう。それならば現状は問題ない。

トアは動かなくなったヴェルクスの体に近付いた。

「あーあ、あたしのお気に入りの人形が壊れちゃったわあ」

戦いを最初から壁際で傍観していた魔女は、大して悲しくもなさそうな声音で言った。

トアの推測が正しければ、魔石の最後の欠片《かけら》を持っているのは——。

トアはヴェルクスの上半身の鎧《よろい》と鎖帷子《くさりかたびら》を外し、衣服を開《はだ》けた。

「あった」

思った通りだ。黒色の欠片が、ヴェルクスの左胸に埋め込まれていた。

「あら……よくわかったわね。聡《さと》い子だこと」

ロキが魔石の場所を問い詰めた時、魔女は『自分で考えて？』と口にした。

考えればわかる場所にあるのかと、その時思ったのだ。

学んできたドロティアの戦役に関する知識では、魔女は魔石を割られた事によってすべての魔力を失ったとされている。

魔力がない状態で新たなグランギニョールを生み出す事は不可能だ。だが、ヴェルクスのグランギニョールは年代的に考えて魔女が魔力を失った後に生み出されたものだろう。

そこでトアは、魔力の源である魔石を直《じか》に使ったなら、人形作りが可能だったのではないか？と推測したのだ。三百年もの間キルエリッヒ家が行ってきた墓掘りの術式に引っかからなかったとなると、魔石の欠片が移動していたと考えるのが妥当だろう。

それらの推測の条件を満たしているものが、ヴェルクスのグランギニョール以外考えられなかった。

逸《はや》る気持ちで手を伸ばしたトアだったが、魔石に触れた瞬間、視界が光で弾けた――。

豪奢《ごうしゃ》な家具で設《しつら》えられた部屋の中、何度目か知れない憂鬱《ゆううつ》な溜息《ためいき》をつく。

生まれてから一度も誰かに触れられる事のなかった長い黒髪が、頰に掛かって鬱陶しい。

部屋にある唯一の窓には常に分厚いカーテンが引かれ、外の景色を見る事は叶《かな》わない。

閉ざされた窓から視線をずらして、鏡に映り込んだ自身の顔を見る。

一族に受け継がれてきた金眼《きんがん》は自分で見ても宝石のように美しいのに──。

「……どうしてあたしには、魔力がないのかしら」

フリンツェルの家系は、その魔力の強さと質を買われて魔君の宮殿に代々召し抱えられてきた。ところがどういった訳か、フリンツェルにはそれが欠片も受け継がれていない。

普通の魔族であれば持っていて当然の微量な魔力ですら欠け落ちていたのだった。

親兄弟はフリンツェルを恥として、誰の目にも触れないように幽閉した。

殺されなかったのは、まだ何かしらの利用価値を期待されていたからだろう。

フリンツェルは外見だけは恵まれた。どこかに『美しい女の剝製《はくせい》が欲しい』と望む好事家がいたら、父は喜んで娘を売るはずだ。

フリンツェルは鏡台の隅に追いやられていた、随分前に空になった香水の瓶を手に取る。

美しい金細工と宝石があしらわれた、それだけで価値があるように見える小さな瓶。

中身はないのに、取っておきたくなる。まだ何かに使えそうな気がする。

きっと、この瓶と同じくらいの価値なのだ、自分は。

たったそれだけの価値を利用されるために、今自分は小さな箱庭の中で生かされている。

この部屋の外に広がる世界も、誰かの温度も、友人との楽しい語らいも、恋の喜びも……フリンツェルは何も知らない。何ひとつ与えられはしなかった。

暇潰しにすり切れるほど読み込んだ一冊の本でのみ、フリンツェルはそれらを『知識として』知っていただけだ。


ある日、そろそろ顔も忘れそうになっていた父親が部屋へやって来た。まるでゴミか何かを見るような目だ。

父は投げ付けるようにしてフリンツェルに小さな黒い石を寄越した。

魔力が欠乏しているフリンツェルの代わりに、持っているだけである程度は力を補ってくれる代物らしい。高い買い物だったと、当て付けのように父は言った。

自前の魔力を持たないフリンツェルの寿命は下等な人間と同じくらいしかないが、魔石によって足りない魔力を補う事で不老の存在になれるのだという。

父親からの贈り物に喜びを隠せないフリンツェルだったが、フリンツェルを喜ばせるために父がこんな事をするとは思えなかった。

「懇意にしている知り合いの娘が新しいドレスを誂《あつら》えるための素材を探しているようでな」

なぜ、父が突然そんな話をし出したのか、フリンツェルには意味がわからなかった。

「お前は素材としての条件を満たしている」

フリンツェルは自分の耳を疑った。父がぞんざいに投げ付けてきた言葉が、予想も出来ないほどに無慈悲なものだったからだ。

最近、淑女達の間で『美しい女の生皮で作ったドレス』が流行しているという噂は、ここへ食事を運んでくる召使いから聞いて知っていた。

だがまさか実の父親に、皮を剝《は》がれる畜生と同等の扱いを受けようとは。

「魔力の穢《けが》れを知らぬ無垢《むく》なお前は、数十年も生きれば素材としてさらに高い価値を得るだろう。やたらと見栄《みえ》を張りたがるあの娘への贈り物には丁度良《い》い」

魔族にとって数十年など大したものではないが、誰かのドレスにされるために生きるには、あまりに長く残酷な時間だ。

フリンツェルの心など推し量ろうともせずに父は一方的に言葉を続ける。

「生きていろ、フリンツェル。美しいままで」

父の声には優しさや愛情などというものは微塵《みじん》も込められてはいなかった。

せいぜい素材としての価値を失わないよう、大人しく息をしていればいい。それだけの意味しか持たない言葉だ。

その瞬間から、生きる事がフリンツェルの義務となった。

生きる事が尊く美しいだなんて、誰にでも当てはまるものではない。

父が去った後の部屋で一人、フリンツェルは震える手で魔石を握り締めた。

これ以上の苦しみが積み重なる運命なら、そこから逃げ出すためにもがくくらい罪ではないはずだ。

魔石の力を使って逃亡を図ったフリンツェルにはすぐに追っ手がかかった。捕まれば、また閉じ込められて素材として死ぬまで飼われるか、血も涙もない父に消されるかのどちらかだ。

何ひとつ知らないまま、消えるのは嫌だった。

本の中の騎士のように、気の置けない友人と語らってみたかった。

本の中の王女のように、恋というものをしてみたかった。

願いも虚《むな》しく追い詰められたフリンツェルは、最後の逃げ場を求めて、魔族にとって禁忌とされる地へと足を踏み入れた。

そこは下等な人間達が暮らす世界とを繋《つな》ぐ扉が封じられた場所だ。

基本的に高位の魔族は自ら人間の世界へ出向いたりはしない。自分達に都合の良い契約を持ちかけられた時だけ、渋々顔を出してやるだけだ。

人間などという浅ましい些末《さまつ》な存在と同じ空気を吸えば、結果として自分達を貶《おとし》める事になる。そういう考えが根付いていたせいもあるだろう。

自ら人間の世界へ踏み込んだ魔族を、魔族は仲間とは見做《みな》さない。仲間でも血筋でもなくなり、さらに下劣な空気に触れて素材としての価値も失った者に追っ手を仕向けるほど、父は暇ではないはずだ。

フリンツェルは迷わず扉を潜った。非力な自分が逃げ延びるには、それしか方法がなかったから。

人間の世界へ来たのはいいが、勝手もわからず、行き場もない。

魔石の力で不老を得ているとはいえ、普通に腹は減るし、凍えるような寒さは感じるし、フリンツェルは身も心もぼろぼろだった。

思った通り、ここまで父の手が伸びてくる事はなかったが、夢見ていた外の世界は幸せとは程遠い、辛《つら》く、厳しい場所だった。

食事も衣服も、誰かから奪う事も出来た。それくらいの力なら今の自分でも持っている。

だが、この世界の人間達は皆驚くほど貧しく、彼らから奪うほど落ちぶれたくはないという思いがフリンツェルをとどまらせた。

もう何日、歩き続けただろう。靴もなく、すり切れて血が滲《にじ》む足をさすりながら街道の端にしゃがみ込む。

かじかんだ手はあかぎれて、寒さと痛みで思うように動いてくれない。

「あたしは、何をやっても駄目ねぇ……」

フリンツェルは自嘲して、白い息と共に言葉を吐き出すと、両手で抱えた膝に顔を埋《うず》めた。

誰か、

誰か、

誰か、

あたしを——……。

「大丈夫ですか？」

頭上から降ってきた優しい声に、フリンツェルはゆっくりと顔をあげた。

プラチナブロンドと薄葡萄《ぶどう》色の瞳を持つ、美しい青年が心配そうにこちらを見ていた。

優しい面差しには、敵意というものがまったくない。

どうやらこの人間は、フリンツェルの正体が魔族である事に気付いていないようだ。

「これは酷《ひど》い……すぐに手当てしなければ。立てますか？」

颯爽《さっそう》と白馬から降りた青年は、フリンツェルに手を差し伸べてきた。その手を取って、フリンツェルは俯《うつむ》き、歯を食いしばった。

彼の同情が、憐《あわ》れみの目が、差し伸べられた手の温かさが——許せなかった。

自分は魔族だ。人間などという下等な生き物に同情されるなんて、こんな屈辱があるだろうか。

だが一番許せなかったのは、その手に救いを求めてしまった自分自身だ。

この世界へ来る時に、すべて捨てたつもりでいたのに、まだ心の奥底に魔族の誇りが残っている。

出来損ないでも劣等でも、フリンツェルはやはり人間とは相容《あいい》れない存在なのだと自覚した。

それでも自分には、見知らぬ土地で生活していく術《すべ》がない。

しばらくは大人しく人間の女の振りをしている事にした。

ただし、目の前の男がフリンツェルの誇りを傷付ける行いをした時には、すぐにでもその首を取るつもりで。

青年はヴェルクスと名乗った。人間の世界で言うところの貴族らしい。

彼の家にしばらく置いてもらえる事になったが、ヴェルクスを始め、執事も使用人も皆、吐き気がするくらい親切だった。

フリンツェルが屋敷《やしき》の中で迷っていれば、仕事の最中で忙しくとも手を止めて目的の場所まで案内してくれたし、時にはわざと紅茶を零《こぼ》してみた事もあったが、真っ先に「お怪我はございませんか!?」と真顔で心配された。

誰かにそんな風に親切にされた経験のないフリンツェルにとって、ここはとても居心地が悪い。どう返したらいいのかわからないのだ。ありがとう、というのも自尊心を傷付けられる気がして、結局いつも言えず終《じま》いになってしまう。

そんなフリンツェルが家に馴染《なじ》めていないと思ったのか、ヴェルクスはたびたび気にかけてきた。

「どうか自分の家だと思って自由に寛《くつろ》いでほしい」

無理な話だ。フリンツェルの家には、裏があるんじゃないかと勘繰りたくなるような気味が悪いほど親切な者など存在しなかった。

「何か足りない物や困った事があったら遠慮せずに言ってくれ」

女性と話をする事に緊張しているのだろうか。どこか硬く、ぎこちない表情でヴェルクスは言う。

「好きな食べ物はあるだろうか。次の食卓に上るよう、料理長に話しておこう」

昨日の朝に食べた、目玉のようにも見える平たい食べ物。周りが白くて中央が黄色で、焼いた薄切りのハムと合わさって、大変フリンツェルの好みだった。けれど名称がわからなかったので、フリンツェルはヴェルクスの顔を見返したまま黙っていた。

「なぜ、あたしがどこから来たのか聞かないの？」

突然切り出したフリンツェルの質問に、ヴェルクスは少しだけ考えて答えを寄越した。

「気にならないと言えば嘘《うそ》になる。だが、あなたが自分から話したくなるまでは待とうと」

「そんな日は一生来ないかも」

「それならそれで構わない。今のあなたと、これからのあなたを知る事が出来たなら……」

軽く咳払《せきばら》いをして、ヴェルクスはわずかに視線を逸《そ》らした。

彼はあまり表情が変わらない。大抵、難しそうな顔をしているか、そうでなければ無表情だ。感情に左右されない性格といえば聞こえはいいが、ただ単に不器用なだけにも思える。

「真面目でつまらない男……」

去って行くヴェルクスの背中を見て、フリンツェルは小さく呟《つぶや》いた。

そうだ。だから気のせいだ。

ヴェルクスが話しかけてくるたびに、鼓動が速くなる事など。

あんな面白味のない男の事を、考えるたびに頬が熱くなるなんて。

全部、気のせいに決まっている。

「あたしは、強くて悪い男が好き。たとえ裏切っても傷付かないような、不遜でふてぶてしい、罰を受けて当然のような男がいいわ。……だってあなたは、優しすぎるのよ。あたしが裏切ったら……あたしの正体を知ったら、きっとあなたは傷付くわ。だから、あなたはあたしには相応《ふさわ》しくない」

自分に言い聞かせるようにして、フリンツェルは独り言を零す。

何度も、何度も、呪文みたいに。

心が覚えるまで、ずっと。

——その日、屋敷の中の空気は重苦しかった。

ヴェルクスは秋の花に囲まれた庭先の椅子に腰掛け、顔を両手で覆って俯いていた。遠目からでも泣いている事がわかった。

本人に話しかけていい雰囲気ではなかったので、フリンツェルは近くを通り掛かった使用人に理由を聞いてみる。

ヴェルクスのもっとも親しい友人が、馬車の事故で命を落としたのだという。

フリンツェルは考えた。死をそこまで悲しむ人間の思いは理解出来なかったが、ヴェルクスには一応助けてもらったという恩があるのだ。

彼が友人の死を悲しんでいるのなら、その悲しみを取り払う事が助けてもらった礼になるだろう。それで貸し借りはなしになる。

そしたら自分はここから去ろう。ヴェルクスの隣が居心地の良《い》い場所になってしまったら、数年経《た》っても歳を取らない自分は今よりもっと辛い思いをしてこの場を離れなければならなくなる。そうなる前に、別れを告げるのだ。

フリンツェルは魔石の力を使ってヴェルクスの友人の亡骸《なきがら》に仮初めの命を吹き込んだ。

初めての試みで試行錯誤したが、ぎくしゃくしながらも動き出したヴェルクスの友人を見てフリンツェルは満足だった。

ところが、仮初めの命を吹き込んだ友人の亡骸と対面させた瞬間、ヴェルクスの表情は絶望と怒りがない交ぜになったように変化した。

「あなたが、やったのか……？」

聞いた事のない、ヴェルクスの怒りに震える声。

フリンツェルは意味がわからずに、ただ頷《うなず》いた。

悪魔のような形相をしたヴェルクスが「魔女め」とか「よくも冒瀆《ぼうとく》してくれたな」などと叫びながら、剣を振りかぶって追いかけてきた。意味がわからずに、フリンツェルは必死で逃げ出した。

ヴェルクスの放った追っ手が、どこへ逃げても命を狙ってきて、気の休まる時がない。

喜んでもらえると思ったのに、なぜヴェルクスは人が変わるほどに激怒したのだろうか。

考えても考えても、フリンツェルには答えがわからなかった。

フリンツェルは自衛のために方々の墓を暴き、死体に仮初めの命を吹き込んでいった。

グランギニョールと名付けた死体製の人形達に、追っ手の対処をさせる事にした。

そんな事を繰り返すうちに、フリンツェルは多方から命を狙われる邪悪な魔女として知れ渡るようになり、身を守るために逃げ込んだ聖ドロティア葬園で、気の遠くなるような数のグランギニョールを生み出すしかなくなった。

まれに制御不能な粗悪な人形が出来上がる事もあり、彼らは勝手に出歩いて人間に危害を加えてはフリンツェルと人間の対立をより悪化させた。

気が付けばグランギニョールと人間達との戦いは世界中に飛び火して、歴史に残るような多くの犠牲を生んだのだ。

ヴェルクスは激戦の中、フリンツェルの不老を司《つかさど》る魔石を砕いた。

フリンツェルは一時、永遠の命を手放さざるを得なくなり、同時に大量に生み出されたグランギニョール達への命令権まで魔力の喪失と共に失ってしまった。

魔力を失ったフリンツェルはグランギニョールへの命令を更新する事は出来ないが、彼らはフリンツェルが存命している限りは――『葬園に近付く人間の排除』という直前の命令を実行し続ける――。

しかし数十年後に歳を取ったフリンツェルが寿命で死ねば、命令という枷《かせ》から外れた人形達は暴走し世界を蹂躙《じゅうりん》するだろう。

事実を知り、世界を守るためにフリンツェルと契約を交わしたヴェルクスに「魔石を復元出来たら、契約は破棄するわ」と伝えた。

その条件を提示した理由は単純だった。

憎しみでも怒りでもいい。誰かに、いつでもフリンツェルの事を考えて、行動し、繋《つな》がっていてほしかった。

そうして彼の子孫達がフリンツェルに辿《たど》り着いた時、きっと自分は悠久の時の流れに随分と傷付き、疲れ果てている事だろう。もう終わってもいいと、思えるくらいには。

残された最後の時間、墓掘りにやって来たヴェルクスは、再会したフリンツェルを憎悪のこもった目で睨《にら》んだ。

日々の墓掘りで疲弊しきった彼がグランギニョールとの戦いに敗れた後、フリンツェルは手元に唯一持っていた小さな魔石の欠片《かけら》を彼の胸に埋め込んだのだ。

再び動き出した彼は、熱も言葉も失っていた。だが、それでも良かった。

「……ねえ、ヴェルクス。あたしはあなたを愛してたのよ。本当よ」

闇に溶けてしまいそうなくらい小さな声で、一言だけ。

誰にも届かなくなってから、やっと言えた本当の想いだった。

『誰か、誰か、誰か、あたしを――……助けて』

あの日、人間の世界で行き場もなく彷徨《さまよ》っていたフリンツェルは、心の中で必死に叫んでいた。

フリンツェルの声を聞き届け、手を差し伸べてくれたのはヴェルクスだけだ。

初めて、フリンツェルの願いを叶《かな》えてくれた人だった。

温度を失ったヴェルクスと、とても長い時間を生きた。

この期に及んで幸せなど、もはや望んではいなかったが、逃げ延びたはずのここでも生きる事が自分に強いられた義務なのだと、苦しみと孤独の中で思い知った。

永い時の中、愛する人は意思を失ったただの傀儡《かいらい》。会話の返事も愛が返ってくる事もない。

繋ぎ止めたかったが、結局フリンツェルは何ひとつ自分の手元に繋げておく事が出来なかった。

この先、永劫《えいごう》を生きるとして、愛する人の影を傍で見続けるのは辛《つら》い。もう彼は、遥《はる》か昔に過ぎ去った日々のように、フリンツェルに優しい眼差《まなざ》しを向けてくれる事も、胸が苦しくなるほどの憎しみを向けてくる事もないのだ。その瞳にはただ虚空が映っているだけ。熱のないヴェルクスの抜け殻は、初めて出会った頃の彼との対比で、見ていると虚《むな》しくなった。

彼の人形を失う事……それは最後の欠片が回収され、魔石が復元される事を意味する。

再び永久の命を取り戻したら、その時は眠ろうか、とフリンツェルは考えた。生きながらにして、二度と覚める事のない深い眠りの世界へ落ちよう、と。

なんの希望もない絶望に彩られた世界で、せめて慰めにでも『愛する人の笑顔』が見られるように。

そこまで考えてフリンツェルは思わず苦笑した。

気付いたのだ。

――ああ、あたしは……あの人の笑った顔を見た事がない。

ただの一度すらも。

愛する人がどんな顔で笑うのか、想像も出来ない自分が、ただひたすら滑稽だった。

結局自分は、人間のようには人間を愛せなかった。

何をやってもしくじってばかりの欠陥品だ。

「早くあたしに会いに来て」

ヴェルクスの後胤《こういん》に夢を見せた理由は、ただひとつ。

無様で救いようのない日々を、早く終わらせたかったから。

再び視界が光で弾《はじ》け、意識を戻したトアの目に、心配そうにこちらを窺《うかが》っている仲間達の姿が映った。

トアが意識を飛ばしているうちに大方の治療は済んだのか、なんとか自力で立っている仲間達に重傷者はいないようで安心する。

どうやら自分は、床にしゃがみ込んだ格好のまま先ほどの映像を幻視していたようだ。自身の右手を確認すると、ヴェルクスの人形から入手した魔石の欠片をしっかりと握っていた。

ふと、数メートル先の壁際に立っていた魔女と目が合ったが、すぐにふいっと視線を逸《そ》らされてしまった。

「大丈夫か、トア」

感情のこもっていない声と共に目の前に差し出されたロキの手を取ってその場に立ち上がり、「大丈夫」の意味を込めて頷いてみせる。

改めてロキの顔を見て、表情に何ら変化がない事を確認する。やはり、呪いはまだ解けていないようだ。

先ほどの幻視といい、色々と考えなければならない事はあるが、今はとにかくロキの呪いを解くのが先決だ。

「ロキ様、これを」

トアはヴェルクスの人形から手に入れた、魔石の最後の欠片をロキに手渡す。欠片はロキの手の上で淡く紫色に発光し、指輪に嵌《は》まった黒い石に溶けるように吸い込まれた。滑らかな楕円《だえん》を形成した黒石は、たいまつの灯《あか》りを反射して怪しく光った。

「……これで、呪いが解けたんでしょうか？」

ロキは何も言わずに、左手の薬指から銀の指輪を外す。

彼の薬指には、かつて見た黒薔薇《ばら》の刻印はどこにもなかった。

三百年間キルエリッヒ家を苦しめてきた魔女との契約が解かれたのだ。

「あ……ロキ様、やった……！　やりましたね！」

トアが呪いに苦しめられてきた訳ではないのに、刻印が消えたロキの指を見た瞬間、嬉《うれ》しくて思わずロキの手を取ってその場で跳びはねてしまった。

しかしすぐに冷静になり、無礼だったのでは……と焦って手を離そうとするも、なぜかロキはトアの手をきつく握って離してくれない。

「これも偏《ひとえ》にトアの……皆のお陰だ」

出会ってからずっと無表情だったロキは、とても優しくて、温かくて、綺麗《きれい》な笑顔を浮かべた。

同時に、先ほどから握られたままだった手を引かれ、トアはそのままロキの胸に顔を押し付ける格好になってしまう。慌てて体勢を直そうとしたが、ロキはそれを許さないと言わんばかりに強く抱きしめてきた。

「ロ、ロキ様……!?」

「すまないが我慢してくれ。お前は、私の英雄だ。今は、ただこうしたくて仕方がない」

誰かにとっての英雄になれた事は本当に嬉しいが、やはり抱きしめられるのは恥ずかしい。

おそらくロキの人生において初めて溢《あふ》れた感情なのだろう。どう対処したらいいのかもわからず戸惑っているのだと思う。

そんなロキを振り払う事も出来ずに抱きしめられたままでおたおたしていると、横から魔女の声が割り込んできた。

「ちょっと、こっちは安っぽい恋愛劇なんか見たくないのよ。さっさと魔石を返してちょうだいな」

壁際に立ったままの魔女は、つまらなそうに半眼でトア達を見やっている。

「魔石を返したらとっとと帰って。わかった？　間抜けにお揃いで落ちてきた穴から戻れるわ」

先ほど魔石の欠片に触れた瞬間に見たものは、紛れもなく魔女の過去だろう。

長年キルエリッヒ家の当主の命を吸い、彼らを苦しめてきた魔女をすぐに許す事は出来ない。だが、魔女もまた永い孤独の中にいた事を知った。

こんな暗い場所で、これから永劫の時をたった独り、人形達を繋ぎ止めるためだけに生きるのか、彼女は。

何を言ったらいいのかわからずトアが唇を噛《か》み締めて黙っていると、魔女はその理由がわかったとでも言うように、口の端を上げた。

「最初から、そういう約束ですものねぇ？　魔石は戻ったけど、さすがにあの数の人形に一体一体命令を出し直すのはご免だわ。あの子達はそのままにして、あたしは永遠に続く甘美な夢の世界に旅立つの」

他人事《ひとごと》のように嗤《わら》う魔女は、したたかな女性に見える。

しかし、彼女の心の内を知ってしまった今、トアにはフリンツェルのそういった言動のすべてが、寂しさをごまかすための強がりにしか思えなかった。

ロキは渋々といった様子で名残惜しそうにトアから身を離す。ころころと変わるロキの表情はとても魅力的だ。

ロキの手から、元の形に戻った魔石を受け取った魔女は、どこか安心したような表情を一瞬だけ見せる。

これで眠れると、思っているのだろうか。

愛する人の笑顔に永遠に辿り着く事の出来ない世界で、彼女はまた独り彷徨うのだろうか。

甘美な夢の世界だなんて真っ赤な嘘《うそ》だ。

彼女が一番よくわかっているだろう。

そこが、いかに暗く、冷たく、寂しい場所なのかを。

「さあ、用事が済んだのならあたしの部屋から出て行って？　目障りよ」

ある者は仲間に肩を貸し、ある者は足を引きずりながらも自身の力で歩を進める。

しかし仲間達の視線は苛烈で、状況さえ許せば今すぐにでも魔女の首を取ってやる、と言わんばかりの光が宿っている。

当たり前だ。理由を知らない彼らにとって、魔女は人間を危険に晒《さら》すだけの絶対的な悪でしかないのだから。

ロキは、皆が素通りした魔女の横で立ち止まる。しばらく魔女と視線を合わせた後で、彼は結局一言も言葉を発する事なく、先に進んだ仲間の後に続いた。

言葉に出来ない思いがあったのだろう。戦い続ける人生を強いられてきたロキにしかわからない、大きな思いが。

最後尾のトアは一旦立ち止まり、皆が先へ行ったのを確認してから、少しだけ迷って魔女の方へと振り返る。

形は違えど、フリンツェルもまた父親に生きる事を望まれた身だった。トアが言われた

「生きろ」とは光と闇ほどの違いがあるが、彼女は彼女なりに何かと戦って、今ここに立っている。

誰にも理解されないものだとしても、彼女の過去を垣間見《かいまみ》た人間として、自分くらいはフリンツェルが冷たい闇の中で已《や》める事なくここまで生きた強さを信じてもいいのではないか。そんな風に思った。

魔女はあまりに多くのものを奪い、傷付けた。償うには沢山の努力と時間が必要だ。その長い道程を再び独りで歩けというのは、あまりに酷《こく》すぎる。

「また会いに来るよ」

トアの声が石室に響く。

顔を上げた魔女は数回瞬きをして、意味がわからないと言ったように眉間を寄せた。

「は……？　誰に？」

「あなたに決まってる」

フリンツェルの過去を知ってしまった今、彼女をここへ永遠に一人で置いておく事など出来るはずもない。

簡単な話ではない事はわかっている。ロキも含め、魔女を許せない人間は多いだろう。

それでも、すべてを知って尚《なお》この冷たい石の中に彼女を閉じ込めて自分だけ光の下へ帰るなんて、トアには無理な話だった。

「……なによそれ、同情のつもり？」虫唾《むしず》が走る。あたしは魔女よ。人間ごときの憐《あわ》れみなんて百万回八つ裂きにされたって受けないわ」

「お言葉だけど、凄《すご》まれても全然怖くないな。僕にはあなたよりも我儘《わがまま》で横柄な友人がいるし、あなたよりも嗜虐《しぎゃく》的で毒舌で悪魔然とした仲間がいるんでね」

フリンツェルはきょとんとした顔でトアを見返してきた。

彼女の返事は聞かずに、トアは仲間の後を追い地下墓地を出る。

そんなに遠くない未来、もしかしたら風変わりな友人がまた一人増えるかもしれない。

最後の墓掘りに駆り出された罪の騎士十二名は、誰一人欠ける事なく生還した。

「こんな事、俺が砦《とりで》に来てから一度もない快挙だぜ」

帰り着いたキルエリッヒ城で、笑いながらクインシーはトアの肩に軽く拳を当てた。

みんなの、互いを思いやる強い気持ちが、それぞれの命を守った結果だ。何もトアが一人で成し得た事ではない。

笑顔で帰還したロキを見て、老執事や使用人達は大騒ぎだ。

ロキを幼い頃から知る者達にとっては、驚きも喜びもトア達の数十倍だろう。

すぐに祝賀会の準備が進められ、ロキの計らいでトア達は二日間、キルエリッヒ城に滞在する事になった。

翌日、大広間に用意された祝賀会の垂れ幕に『ロキ様の天使の笑顔を愛《め》でる会』と大書されていたのが気になるが、いくつもの丸テーブルの上に並んだ料理の数々を見て騎士達から歓声が上がる。

皆、思い思いに料理や酒を楽しみながら、長年の枷《かせ》から解き放たれた喜びを分かち合う。

「ロキ様、もう一度、もう一度この私めに笑いかけてくださいませんか……！」

祝賀会の料理を運ぶ合間にロキに付きまとっては何度も笑顔を要求する老執事。鬱陶《うっとう》しがりもせず微笑む主《あるじ》の姿を見て、老執事はハンカチを目に押し当てた。垂れ幕を書いたのはこの執事だろう。

そんなロキの姿を陰から隠れ見ていた侍女達は「素敵ねぇ……」と頬を紅潮させて溜息《ためいき》を吐く。

「この城には阿呆《あほう》しかいないんですかね」

喧噪《けんそう》から逃れるように端の方で軽食をつまんでいたゼファーは、声を抑える事もなく堂々と失礼な言葉を放った。トアは口に含んでいた葡萄《ぶどう》の果汁を噴き出しそうになる。

幸い、大広間を満たす笑い声や話し声にかき消され、ゼファーの毒舌はトア以外には聞こえなかったようだ。

「みんな嬉しくて仕方ないんだよ。ゼファーもちゃんと楽しんでるか？」

「まあ、あの二人ほどではないですけど」

ゼファーの視線の先を辿《たど》ると「こっちの味はどうだ？　これも食えよ！　は？　腹が一杯？　馬鹿野郎、遠慮すんな!!」と騎士達に無理やり新作料理を食べさせているエルイーズと「ここは僕の縄張りだ、誰も入るんじゃねえぞ！」と焼き菓子が積み上げられたコーナーで通りすがりの人間を威嚇しているアズリカの姿が目に入った。

「あの二人は……楽しんでるのか？」

「仲間のレッテルを貼られた人間は不愉快ですけど、当人達は楽しいんじゃないですか？」

投げやりな口調で言ってから紅茶に口を付けたゼファーの隣に、すっと人影が並んだ。

「二人とも、なぜ皆と一緒に食事を楽しまないんだ？」

嬉しそうに笑いかけてきたロキの両手には、料理が山盛りにされた皿が載っている。ここに辿り着く前に張り切って装《よそ》っていたのを遠目に見ていたので知っているが、せっかくの料理が盛り付けで台無しになってしまっていた。

「熱苦しいのは苦手なので。……それより当主、その皿の上の物体、どうするつもりです？」

「ああ、エルイーズの渾身《こんしん》の作らしくてな。お前達と食べようと思い持ってきた。楽しみだ」

隣のゼファーは露骨に嫌な顔をしているのだが、ロキは構わずににこにこしている。なんだこの温度差は。

「……もう充分に飲み食いしたので部屋に戻ります。その皿の上にある私の美学に反する物は二人で食べてください」

さっさと立ち去るゼファーの背中を目で追ってから、ロキは困ったような視線をトアに向けてきた。

「私は何か気を悪くするような事でもしたのだろうか？」

「気にしなくて大丈夫です。彼はいつもあんな感じなので。それより、食べましょうか、それ」

席に着き、トアが小皿に料理を盛り直して、二人でエルイーズの新作だったものを味わう。若干、他の料理と味が混ざってしまっているが、それでも充分においしい。

隣で幸せそうに食事を楽しむロキの髪色は黒と灰と白の三色で、呪いが解けた後も元には戻らなかった。理由はよくわからないが、一度バランスが崩れてしまった魔力は、簡単には元に戻らないのかもしれない。

「エルイーズは料理がうまいな。この城に雇いたいくらいだ」

「あ、それは駄目です。エルイーズがいなくなったら、僕達の食事事情が貧しくなってしまいます」

そこまで言ってから、トアはある事に気が付いた。

ロキの呪いが解けた事は素直に嬉《うれ》しい。この結果を目指して自分達は命を懸けたのだから。

だが、他の者達は気付いているのだろうか。ロキの呪いが解けた今、罪の騎士達の存在意義がなくなった事に。

トア達の唯一の居場所である砦も、いつまで保持されるかわからないのだ。

砦が用済みになったら、自分も含め仲間達はこれからどこでどうやって生きていけばいいのだろう。

「トア、どうした？　何か考え事か？」

ロキに顔を覗《のぞ》き込まれている事に気付いて、慌てて笑顔を浮かべて取り繕う。

「あ、いえ！　これおいしいなあ、と思って」

ロキはしばらくこちらの表情を窺《うかが》っていたが、わずかに苦笑を浮かべてナイフとフォークを皿の上に置いた。

「言いたくない事を無理には聞かない。代わりに、少しだけ私の話に付き合ってもらえるだろうか？」

「もちろんです」

ロキが視線を向けた先には、大広間で料理を貪《むさぼ》りながらはしゃいでいる騎士達の姿があった。執事や城の使用人達も、笑顔で楽しそうに彼らを持てなしている。

「……私達一族が背負った業で、多くの者達が命を散らした。父や先祖、数え切れないほどの仲間達が犠牲になった事を思うと、胸が張り裂けそうになるほど苦しい」

ロキが見ている大広間の中央では、クインシーとカイルが皿に残った肉料理の取り合いを始めた。ふっと小さく笑いを零《こぼ》したロキの横顔が、なぜか今にも泣き出しそうに見える。

「だが、ここへ辿り着くためには……トアや皆に出会うためには、投げ出さず、逃げ出さずに歩かねばならない道だった。そう思う事でしか、私はこの痛みを和らげる術《すべ》を知らない」

「ロキ様……」

「ずっと考えていた。どうしたら私は彼らに償う事が出来るだろうと。答えは、ひとつしか思い浮かばなかった」

トアに視線を戻したロキの目からは、揺るぎない決意のようなものが感じ取れた。

「彼らが繋《つな》いでくれた道を、私は何にも恥じないように生きる。それが、私に出来る精一杯の弔いだ。今すぐに魔女を許す事は出来ないだろう。だが、恨みの心に囚《とら》われて復讐《ふくしゅう》に一生を費やしたくはない。なにせ、私が次に探さなければならないものは、皆が笑って毎日を過ごせる未来なのだから」

トアの左手に右手を重ねて、ロキは柔らかく微笑む。

「この答えに辿り着けたのは、お前のお陰だ。どんな壁が立ちはだかろうとも挫《くじ》けず真っ直ぐに生きるお前を、私は尊敬している。……ありがとう、トア。この恩は、私の一生をかけて必ず返そう。もちろん、共に戦ってくれた彼らにも」

あまりに嬉しい言葉に感動で泣きそうになったのをぐっと堪《こら》えて、頷《うなず》く事しか出来ずにいたトアの背後に突然気配が生まれた。

「兄さん！」

トアの手に重ねられたロキの手の上に、さらに別の手が乗せられる。なんだこれは。戸惑っていると、トアとロキの間に一人の青年が体を割り込ませてきた。

青年の病的なまでに白い肌と整った顔立ちに、蜂蜜色の巻き毛がとても似合っている。優しさを帯びた双眼は薄葡萄色で、意志の強さを感じさせる雰囲気がロキとよく似ていた。

兄さん、と呼んだ事から、以前ロキの話に出てきた弟と見て間違いないだろう。歳はロキとそれほど離れているようには見えない。十七、八歳といったところか。

かなり瘦軀《そうく》なため、藍《あい》色のジュストコールは少し生地が余ってしまっている印象だ。

「兄さん、ひどいじゃないか。僕抜きでパーティを催すなんて」

「いや、ちょっと待て。リンド、なぜお前がここに」

ロキも戸惑っているようで、たじたじといった感じでリンドと呼ばれた青年に対応している。

「兄さんの事が心配で、誕生日の日からずっと内緒でエデルの砦に滞在していたんだ。でも昨日、ここの騎士が早馬を走らせて呪いが解けた事を教えに来てくれて、慌てて駆け付けてきたってわけ」

リンドは手近な席から引き寄せた椅子を一脚、トアとロキの間に強引に置いて腰掛けた。

墓守《はかもり》になって間もない頃、ゼファーから聞かされた噂話を思い出した。エデルの砦に居座って、周りの兵を気疲れさせたというのはどう考えてもリンドの事だろう。

ロキは心配そうな眼差《まなざ》しをリンドに向ける。

「そんなに動き回って、体は大丈夫なのか」

「一族の呪いが解けたって聞いた瞬間、病気の事なんか頭から消えたよ」

確かに、前のめりに椅子に腰掛けて、両足をぱたぱたさせながら楽しそうにロキとトアの顔を交互に見やっているリンドは、演技ではなく本当に平気そうだ。

痩《や》せてはいるものの、元気な表情や明るい口調、落ち着きのない仕草などから、あまり病弱そうな印象を与えない青年である。

「赤毛の君が団長さんでしょ。兄さんを助けてくれてどうもありがとう」

トアは差し出されたリンドの手を会釈しながら握り返す。氷のように冷たい手だった。彼の手の冷たさに驚いていると、リンドは恥ずかしそうに笑ってみせる。

「びっくりさせてごめん。病気のせいで体温がなかなか上がらなくて。だってほら、いくら病気の事が頭から消えたって、実際に治る訳じゃないからね」

きっとロキを祝福するために、無理を押してここまで駆け付けたのだろう。

ロキが前に話してくれた通り、兄思いの優しい青年のようだ。

「無理をするな、リンド。すぐに部屋を準備させるから休んでいろ」

「やだよ、皆で盛り上がってる時に一人だけ寝てるなんて。心配しなくて良《い》いから、調子が良いのは本当だし。それより、話を聞かせてよ。一体どんな大冒険をして呪いを解いたのか」

期待に満ちた瞳を向けるリンドに、ロキもついに観念したようで溜息《ためいき》をつく。

「少しだけだぞ」と前置きしてから、ロキは葬園での出来事をリンドに話して聞かせた。

物語仕立てに抑揚を付けて冒険譚《たん》を語るロキと、兄の話を心底楽しそうに聞いているリンド。そんなキルエリッヒ兄弟の姿は微笑ましく、トアは自分の顔が緩むのを感じた。

祝宴は夜半まで続き、はしゃぎすぎて少し疲れが見えたリンドをロキが付き添って部屋へ連れて行った頃合いに、ようやくお開きとなった。

酔い潰れた騎士達を部屋へ運ぶ手伝いをした後、トアは自分に割り当てられた客室のベッドに寝転がり、葬園にやって来た日の事を思い出す。

偽の歓迎に、騙《だま》されて就かされた墓守の地位。仲間と見做《みな》されず衝突した事や、少しずつ歩み寄った日々。すべてが懐かしい。

ここへ来てから色々な事があったが、皆が笑顔で幸せを分かち合える瞬間に立ち合えた事は、この先もずっとトアの誇りだ。

翌日の朝、リンドはやはり無理をしていたのか、朝食の席には姿を見せなかった。ロキの話では、様子を見てリンドの体力が回復してから療養地へ送り返すらしい。

城にはリンドの専属医術師も同行しており、何も心配はいらないという事だったので、トアはひとまず安心した。

二日はあっという間に過ぎ、別れの時がやってきた。

城の外門まで見送りに来てくれたロキは、トアと目が合うと柔らかく笑った。それはとても自然で、見ている者の心をほっとさせるような、優しい笑みだった。

「また砦《とりで》まで皆に会いに行く」

「ロキ様、墓掘りに行っておられる間に仕事が山積みです」

「…………」

トアに笑い掛けていたロキは、傍らの老執事に窘《たしな》められて苦い顔をした。

その生き生きとした表情や仕草からは、かつて人形伯と呼ばれた面影は微塵《みじん》も感じられない。

「馬車の用意が整った」

城の前庭に響いた黒騎士の声にトアは振り返った。

ここに来る時には二台だった馬車が、今は四台用意されている。あのうちのふたつには墓掘りに従事した報酬である酒や金や食材などが積まれているのだ。

エルイーズと約束した通り、ロキに食材の供給率を上げてほしいと頼んだら、快く承諾してくれた。

これでエルイーズが週に一度ゼファーの眠りを妨げる事もなくなるだろう。

トアはロキに一度頭を下げてから幌《ほろ》馬車に乗り込んだ。

皆が座った事を確認して黒騎士が馬に鞭《むち》を入れると、カラカラと馬車の車輪が回り始めた。

誰一人欠けずに帰れる事は嬉しかったが、砦のみんなにもう自分達の存在が必要なくなった事を伝えなければいけないのかと思うと気が重かった。


その日の夜、砦に到着すると、次々に玄関ホールに集まって来た騎士達は、一人も欠けずに帰還したトア達を見て歓声を上げた。

「謝礼に酒もたっぷりもらって来たぜ」

カイルの言葉に騎士達の歓声は一層大きさを増す。

「よく帰って来れたなぁ。オレ小せぇのは多分死ぬなって正直思ってた」

騎士がトアを見て、にやっと笑う。

「こいつのお陰で全員ここへ帰って来れたんだよ。さしずめ勝利の男神《おがみ》？」

「女神だったらよかったのに」

エルイーズの言葉に騎士の一人は愉快そうに返して、トアの頭を手のひらで軽く数回叩《たた》いた。

「次の墓掘りには俺も行ってみようかな」

冗談めかして吐き出された騎士の言葉に、トアの胸の奥がちくりと痛む。

もうトア達が墓掘りに駆り出される事はないのだ。

自分達の存在がお払い箱になった事実をいつ切り出すべきか、今言うべきなのか、答えが出せずにトアは口を引き結んで下を向いた。

「おいおい、なに死人みてぇに青褪《ざ》めた暗い顔してんだよ。せっかく生きて帰れたってのに、墓守がそんなんじゃ楽しい雰囲気が台無しだ」

トアの背中をむせ返るほど強く叩いて、クインシーが盛り上げるように声を張り上げた。

「今日は飲みまくれ、お前ら！」

「おう！」

「カイルはいつでも飲みまくってるだろ」

騎士達の笑い声の中で、一人取り残されたように作り笑いを浮かべるトアの隣にアズリカが並ぶ。

「なにかあったのか？　まあ、大体は想像出来るけどな」

他人の事には無頓着なようで、誰かと関わるのは面倒だという素振りを見せながら、アズリカは人の変化に敏感だ。

仲間の不調を見逃さないように、いつだって、誰よりもよくみんなの事を見ているのだろう。

「大した事じゃない。ちょっと馬車に酔っただけだ」

アズリカは腰に提げた革の鞄《かばん》から、正方形の紙の包みを取り出した。

「酔いに効く薬草を調薬した物だ。それ飲んで、早く寝ろ」

「ありがとう」

あからさまな嘘《うそ》に気付かない振りをしてくれたアズリカに内心感謝しながら、トアは受け取った薬の包みをそっと握りしめた。

主役がいなくちゃ始まらないと騒ぎ立てた騎士達だが、少し疲れが溜《た》まっている事を伝えると、みんな大人しく引き下がって食堂へと向かって行った。

自室に戻ったトアは、薬の包みを机の上に置いてベッドに仰向《あおむ》けに横たわった。

ここでの仕事がなくなったら、トア達に残されるのは罪状だけである。

ロキの事だ。役目が終わったとはいえ、罪の騎士達を簡単に処分するような事はしないだろう。

だが、周りが黙っているだろうか。墓掘りに行かなくなったキルエリッヒ家の人間が、いつまでも無意味に罪人達を生かしておく事に対して。

考えていたら頭が痛くなってきて、もうこのまま眠ってしまおうとトアは考えた。


砦に帰って来てから三日目の朝。やる事もないのでボーッと自室の窓から殺風景な荒涼とした景色を眺めていたトアは、砦の外に黒塗りの箱馬車が二台停まった事に気付いた。

繋《つな》がれた三頭の牽引《けんいん》馬は白いので罪人を運ぶ馬車ではない。

ひとつ目の馬車から降りて来たのは黒い法衣《ほうえ》に身を包んだ若い男性だ。

そして続くようにもう一台の馬車から姿を見せたのはロキだった。

ついに、審判が下される日が来たのかと、トアの体は緊張でわずかに強張《こわば》る。

だがエルイーズ達や、この砦で共に生活する仲間の顔を思い浮かべると自然と心は落ち着いた。


団長室の扉をノックする音が聞こえ、トアは返事をして扉を開ける。案内役のエリッツの後ろに控えていたのは、先ほど見た黒法衣の男性とロキだ。

ロキはトアを見て顔をほころばせた。トアも笑顔でそれに応《こた》える。

「お邪魔してもよろしいでしょうか？」

神官だろうか。首から銀のロザリオをさげた法衣の男性が、少し間延びしているようにも聞こえる穏やかな声で言った。

トアは二人を部屋に招き入れ席を勧めると「どのような、ご用件でしょう？」と問いかけた。

亜麻色の柔らかそうな髪をした神官の男性はシェハトと名乗った後で、教会からの使者である事を告げた。

「このたび、聖櫃教会《アークチャーチ》の史跡調査団が西の地にて、とある書物を発掘したのです。古代の書物には聖ドロティア葬園に関する記述が残されておりまして、そこにはこのように書かれていました。『広大な葬園のいずこかに、神の叡智《えいち》が宿りし聖杖《せいじょう》が眠っているだろう』と。本来、聖ドロティア葬園に立ち入る事は教会の人間であればなおさら許されるべき事ではないのですが、この件において特例で我々も葬園に立ち入ってもいいという許可が教皇様よりおりたのです。ただ立ち入ってもいい人間は、神より剣を賜い戦う事を許された……それも人を殺《あや》めた事のある咎《とが》を背負いし者だけなのですが」

シェハトの言葉を継いだのはロキだ。

「その条件を満たした僧兵は教会にそれほどいる訳じゃない。だからぜひ、私と聖ドロティア葬園騎士団の力を借りたいと、書簡で済ませればいいものをわざわざこんな遠方まで足を運んでくれた。これまでと同じように命を落とすかもしれない危険な仕事だが……どうだ、また墓掘りに協力してくれるか？」

意味を失くさずに済む。

まだみんなとここに居られる。

その事が嬉《うれ》しくて、トアは思わず前のめりになった。

「もちろんです、やらせてください！」

突然トアが出した大声に、シェハトは目を丸くしてわずかに椅子を引いた。

「あ……すみません。つい張り切ってしまって」

命が危険にさらされる墓掘りの要請に張り切る人間など、安全を望む世界で生きているシェハトの目には異常に映ったのだろう。はぁ……と気の抜けたような返事をして、シェハトは姿勢を正した。

「私も人生の大半を費やした墓掘りが急に日常の中から消えて寂しい思いをしていたんだ。喜んでこの話を受けようと思う」

ロキにとってはもう、半分習慣みたいなものなのだろうか。墓掘りが日常の人間ってどうなんだろう、とトアは思ったが口には出さないでおく。

「ありがとうございます。それでは私はこの件を早急に教皇様にお伝えしなければなりませんので、これにて失礼いたします」

シェハトは深々と一礼して、部屋を出て行った。ロキはその背中を椅子に座ったままで見送った。扉が閉まった後、トアは動く気配を見せないロキに問いかける。

「ロキ様は行かなくてもいいんですか？」

ロキは面白くなさそうに、半眼でトアを見やった。三日会わなかっただけなのに、見違えるように豊かになったロキの表情に驚く。

「せっかく会えたというのに、早々に追い払うつもりか。この日のために私がどれだけ頑張って仕事を片付けたと思っている」

ゆっくりと席を立ち、椅子に座ったままのトアの側までやって来たロキは、書机に右手をついて顔を覗《のぞ》き込んできた。

「もしかして、お前を友人だと思っているのは私だけか？」

「え？」

「自分のために命を懸けてくれた仲間は掛け替えのない友人となる、と前に本で読んだ事があるが……実際には違うのか？」

「……え？」

真剣な面持ちだったロキは、途端に悲しそうな顔になる。たとえて言うなら、まるでいじけた子供のような表情だ。

「エルイーズ達にしても同じだ。下調べで得た情報を元に彼らの好きな物を差し入れただけなのに、なぜか私に対しての態度が冷たい。食材を手渡そうと話しかけたが、エルイーズは料理中そもそも私の存在にすら気付きもしないし、まるで自分が影にでもなったかのような気分を味わった。それに、アズリカが甘い物好きだという情報は嘘だったのか？　薔薇《ばら》砂糖の詰め合わせを持って行ったら『蟻《あり》じゃないんで』と返されたぞ。ゼファーに至っては私が持っていった茶葉を見て『なんですこれ？　茶葉に見立てた毒草ですか？』と口にしたからな」

思い出して悲しくなったのか、ロキは肩を落として項垂《うなだ》れた。

不謹慎かも知れないが、落胆を全身で表現出来るようになったロキの変化が嬉しい。

「今まで友などいた事がないから、私の対応が間違っているのかもしれないが、私は、その……ずっと夢だったのだ。……友人と語り合うのが。お前や彼らと、もっと親しくなりたい」

最後の方は小声で、何を言っているのかよく聞き取れなかった。

ただ、ロキが不器用ながらも必死で自分達に歩み寄ろうとしてくれている事だけはよくわかった。

「焦らずお互いを知っていきましょう。僕らは、特別な絆《きずな》で結ばれた仲間なんですから」

トアの言葉にロキは少しだけ驚いた顔をして、それから、とびきりの笑顔で頷《うなず》いた。

なんだかんだで、これからも賑《にぎ》やかで忙しい日々が続きそうだ。


当面、トアにはやらなければならない事がある。

今まで怠けてきた騎士達を全員、徹底的に鍛え直す事だ。

皆、悲鳴を上げながらも、反対する者や逃げ出す者は一人もいなかった。

しかし、情け容赦ないトアの特訓に表では必死に食らい付きながらも、陰でこっそり泣いている騎士達がいる事を知って、これではいけない！　とトアは自分の思いを彼らに明かす事にした。

また誰かに「恥ずかしい奴」などと言われそうだが、思いを伝える事を怠れば、いずれどこかですれ違いが生じる。

これは墓守である自分の責務なのだと言い聞かせて、その日トアは中庭に罪の騎士達を全員呼び集めた。

集まった面々の中にはアズリカに、ゼファー、エルイーズ、そして本日、城へ帰還する予定のロキまでいた。

トアは一人一人と目を合わせるつもりで、ゆっくりと仲間達の顔を見回す。

「まず、強くあってほしいという思いが先行するあまり、皆の気持ちを蔑《ないがし》ろにしてしまった事について謝らせてほしい」

皆は黙って、トアの次の言葉を待っている。

「僕は、何があろうとも皆に生きていてほしい。自分と、仲間の命を守り切るだけの力を持っていてほしい。……そう強く思うあまり、皆に無理をさせてしまった」

絶対に生き抜く事。

それはここへ来る時に父と交わした、決して違《たが》えてはならないトアの大切な約束事だった。

誰かに押し付けられてどうこうなる思いではない。自分から、強く願わなければ果たせない思いだ。

出会った頃は自暴自棄だった罪の騎士達の心に、いつしか自発的にトアと同じ思いが芽生え始めている事を感じて、嬉しくて仕方がなかった。

その事に甘えて、血も涙もない特訓などという強行に出てしまった今回の件については反省している。

ちゃんとこうして、自分の考えを伝えてから、彼ら自身の思いを尊重し、時間をかけて育むべきだったのだ。

「自由を奪われ、こんな場所に縛り付けられた運命に、やり場のない怒りを感じる事もあるかもしれない。だが、覚えておいてくれ。生きてさえいれば、現状がどうであれ、僕達は光を目指す事が出来る。その道程でくじけそうな時、すぐ隣に僕達〝仲間〟がいる事を決して忘れるな。困っていれば手を貸すし、立ち止まりそうな時はケツを蹴り上げてやる。だから、どうかこれからも共に歩んでいってほしい。楽な道では、ないと思うが」

さすがに最後の方は自分でも気恥ずかしくなり、若干声が小さくなってしまった。

しかし騎士達のわずかに潤んだ目を見る限り、トアが伝えたかった事はちゃんと彼らに届いたようだ。

中庭に、罪の騎士達の「おおぉぉお!!」という気合いに満ちた声が幾重にもなって響き渡る。

「はぁ〜……恥ずかしい奴」

アズリカの呆《あき》れ声は、相変わらず期待を裏切らないタイミングで聞こえてきた。

むっとした視線を向けると、アズリカは肩をすくめて苦笑する。

「でも、まあ……嫌いじゃない」

「ですよね。あの恥ずかしい台詞《せりふ》を真顔で言い切るなんて、並大抵の人間には出来ない芸当ですよ。ある意味、賞賛に値します」

アズリカの隣でゼファーは白々しく拍手した。彼が言うと嫌みにしか聞こえないのは、自分の心がひねくれているだけなのか。

「お前が口先だけの奴じゃねえってのはわかってるが……俺にコイツを使わせたんだからな。責任持ってこれからも先頭突っ走れよ」

背中の牛刀を親指で指し示して、エルイーズは口の端を上げた。トアは笑顔でそれに応《こた》える。

「ここの騎士達は、いい団長に恵まれたな」

言葉と共に前に進み出たロキは、トアの隣に並ぶと腰の剣を引き抜いた。

「ならば私もここに誓おう」

黒塗りの長剣を高く掲げ、ロキはよく通る声で宣言した。

「赤毛の英雄と、その友人である勇敢な騎士達と共に生きて行く事を」

中庭に、一層大きく騎士達の歓声が響き渡った。

込み上げてきた嬉し涙をごまかすために空を見上げれば、雲間からかすかに陽が差していた。

雪に閉ざされたこの地にも、数ヶ月後には春がやってくるだろう。

短いながらも、希望に満ちた春が——。

あとがき

拙作に興味を持って下さった皆さま、どうもありがとうございます。

本作はウェブ上で公開しているものに大きく手を加えた『トアのもうひとつの物語』となっております。

最初に書き上げたのは数年前なので、書籍化のお話をいただいてから改めて読み返してみると、納得のいかない部分が多々ありました。

担当さまと、多くの方にお力添えいただき、改稿を経て、ようやく自分でも満足のいくものに仕上がったと思います。

ウェブ版とは設定などもがらりと変わっているため、既読の方も違いを楽しんでいただけたら幸いです！

実は本作は、過去に小説賞に応募して落選したものを、ウェブで公開するにあたって改題、改稿したものだったりします。

最初に書き上げた時点では、こんなに長期にわたって何度も形を変えていく作品になるとは想像もしていませんでした。

沢山の方に助けられ、支えられ、応援してもらい、ここまで辿《たど》り着けた事がとても嬉《うれ》しいです。

担当Kさま。トア達に新たな冒険の機会を与えて下さり、物語に共に命を吹き込んで下さって、心から感謝しています。

イラストを担当して下さった縞《しま》さま。一癖も二癖もあるキャラ達をこの上もなく魅力的にデザインして下さり、本当にありがとうございます！

改稿中に何度も体調不良に見舞われた私ですが、縞さまの素晴しいイラストに沢山の元気をもらいました。

この先なにか落ち込む事があったら、いただいたイラストを眺めます（落ち込んでなくても眺めてます）。

そして『赤毛のトアと罪の騎士団』を本という形にするために携わって下さったすべての方々に、厚くお礼申し上げます。

拙作を手に取って下さった読者の皆さまと、いつも応援してくれる家族にも言い尽くせないほどの感謝を――。

七星《ななほし》ドミノ

お便りはこちらまで

〒一〇二―八一七七
富士見L文庫編集部　気付
七星ドミノ（様）宛
縞（様）宛

富士見L文庫

赤毛《あかげ》のトアと罪《つみ》の騎士団《きしだん》

七星《ななほし》ドミノ

2022年8月15日　初版発行

発行者　青柳昌行
発　行　株式会社 KADOKAWA
〒102-8177　東京都千代田区富士見2-13-3
電話　0570-002-301（ナビダイヤル）

印刷所　株式会社暁印刷
製本所　本間製本株式会社
装丁者　西村弘美

定価はカバーに表示してあります。

◇◇◇

ISBN 978-4-04-074641-8 C0193

死の森の魔女は愛を知らない

著／浅名ゆうな　イラスト／あき

**悪名高き「死の森の魔女」。
彼女は誰も愛さない。**

欲深で冷酷と噂の「死の森の魔女」。正体は祖母の後を継いだ年若き魔女のリコリスだ。ある日森で暮らす彼女のもとに、毒薬を求めて王兄がやってくる。断った彼女だけれど王兄はリコリスを気に入って……？

【シリーズ既刊】1～3巻

富士見L文庫

花街の用心棒

著／**深海 亮**　イラスト／きのこ姫

腕利きの女用心棒、後宮で妃を守る!
(そして養父の借金完済を目指します!)

雪花は養父の借金完済を目標に、腕利きの女用心棒として働いていた。しかし美貌の若き大貴族・紅志輝の「後宮で貴妃の護衛をしろ」との拒否権のない依頼により、否応なく暗殺騒ぎと宮廷の秘密に迫ることになり——。

【シリーズ既刊】1～4巻

富士見L文庫